冬

Winter
Hermann Hesse

A Series Edited by Ulrike Anders

黑塞四季诗文集

[德] 赫尔曼·黑塞/著绘

[德] 乌尔丽克·安德斯/编

楼嘉/译

浙江文艺出版社
Zhejiang Literature & Art Publishing House

§

十二月的清晨

雨丝稀疏朦胧，与慵懒的雪花
编织成灰白的面纱。
附着在高处的树枝和电话线上，
黏附在低处的窗玻璃上，
在湿冷的气息中融化，
给湿润的泥土赋予了
细薄、虚无、模糊的气息。
给水滴汇聚而成的涓涓细流
带来了一丝犹豫，给白昼
增添了一抹病态、阴沉的苍白。

朦胧的晨曦中，一排排窗玻璃
透着微弱、温暖的玫瑰色光芒。
一扇窗户独自照亮了这个夜晚。
一名护士走来，用雪水
打湿了眼睛，有那么一刻，
她驻足凝望，然后转回房间。
烛光熄灭了，灰暗的墙壁

向苍白的白昼蔓延。

§

工作室里的老画家

十二月的阳光透过大窗户

照射在蓝色的亚麻布、玫瑰色的锦缎上。

金色边框的镜子在和天空交谈。

蓝腹陶壶里盛着花束，

五颜六色的银莲，黄色的水芹。

年老的大师坐在当中，痴迷于他的游戏。

他想画出自己的脸庞，

他的容颜在镜子里显得如此耀眼。

也许是为了留给子孙，

也许是在镜中找寻自己青春的印记。

然而青春早已被忘却，

也许青春本来就只是情绪，或者巧合。

他所看到的、描绘的已不再是自己；

他审视着脸颊、额头、下巴上的光线，

胡须上的蓝色和白色。

他让脸颊在笔下生辉，

让花朵般美丽的色彩从窗帘和旧装的灰色中绽放。

他拱起肩头，把头部塑造成超大的圆形，

给嘴巴涂上深沉的胭红。

他痴迷于这高贵的游戏，笔下的银莲花或水芹，

就像空气、山脉和树木一样。

他的肖像进入了幻想的领域。

除了平衡红色、棕色和黄色，

协调色彩相互作用时的和谐，

什么都无须担心。

他在造物时刻的光芒中闪耀，从未如此美丽。

§

　　雪公主在一小队侍从的陪伴下从高空出现，寻觅一片宽阔的山谷或平坦的山顶作为休息之地。虚伪而嫉妒的北风看到这个毫无戒心的女孩在这里逗留，偷偷地舔舐着山脉，用突如其来的愤怒和雷霆攻击她。向美丽的公主抛出破碎的黑云，嘲笑她，朝她尖叫，要把她赶走。有一段时间，公主感到不安，等待着，忍耐着。有时，她只是摇摇头，轻蔑地悄悄升到高空。但有时，她会忽然把她焦虑的女友们聚集在一起，褪

去面纱，露出耀眼高贵的面容，用冰冷的双手驱走精灵。他拖延着，嚎叫着，最后只得逃之夭夭。她静静地躺下，将周围的区域包裹在苍白的雾气中，而当雾气散去，清清楚楚地露出了闪闪发光的，被纯净、柔软的初雪所覆盖的山谷和山峰。

（摘自《彼得·卡门青》，1904）

§

初雪

你已老去，青葱的岁月，
容貌枯萎，发间缀满了雪花，
脚步疲惫，步伐里裹挟着死亡，
我会陪你，一同死去，
内心犹豫地走上这条令人害怕的道路，
孕育在冬季的种子惶然地睡在雪中，
风折断了我多少枝丫，
它们的伤疤如今成了我的胄甲，
我已经历过多少次痛苦的死亡，
新生是对每次死亡的嘉奖，

欢迎你，死亡，你这扇黯黑的门啊，
生命的那头鸣响着明亮的合唱。

§

　　十四天后，在寒冷而雾气弥漫的白日里，阳光下
尚能看见桔梗，还有冰凉、成熟的黑莓，冬天就这么
突然降临了。出现了严重的霜冻，到了第三天，一场
大雪在温和的氛围中纷纷落了下来。克努尔普这段时
间一直在路上，在家附近漫无目的地闲逛，有两次他
还看到了敲石人沙布尔，他躲在树林里近距离观察他，
却没有叫喊。他有太多的事情要思考，在所有漫长、
艰辛、无用的道路上，他在人生的错杂纷乱中越陷越
深，就像陷入坚韧的荆棘藤蔓，找不到意义和宽慰。
然后，疾病再次向他袭来，不出意外，他就会在某一
天再次出现在格贝绍，敲开医院的大门。但是，在他
独处数日，再次看到横卧在下方的小镇时，一切显得
既陌生又充满敌意，而且他清楚地意识到，自己从来
不属于那里。有时他会在村子里买一小块面包，树林
里还有足够的榛果。到了晚上，他就在伐木工人的小

木屋里或田间的稻草堆间过夜。

现在，他穿过厚厚的积雪，从沃尔夫斯堡向山谷磨坊走去，精力衰退，死一般地疲惫，但仍旧站立着，仿佛要用尽他所剩无几的时间，跑啊跑，追赶所有森林的边缘和林间通道。尽管他又病又累，但他的眼睛和鼻孔仍然保持着以前的灵敏；像一只敏锐的猎狗一样察看着、嗅闻着地面上的每一处凹陷，每一阵风的气息，每一个动物的足迹，即使现在已经没有了目标。他已经失去意识，任由双脚自己行走。

他想象自己又站在上帝面前，就像几天来几乎每天做的那样，不停地与他交谈。他没有恐惧；他知道，上帝无法为我们做什么。但他们互相交谈，上帝和克努尔普，讨论他毫无意义的人生，以及他原可以获得完全不同的安排，以及为什么在这个时候必须选择走这条路而在那个时候必须选择走另一条路。

"就是那个时候，"克努尔普一再坚持，"在我十四岁时，弗朗西斯卡抛弃了我。那时，我的人生还有各种可能性。但接着，我身上的某种东西被打碎了、弄糟了，从那时起我就变得毫无用处。——啊，错就错在你没有让我在十四岁的时候就死掉！那我的人生就会像成熟的苹果一样美丽和完整。"

亲爱的上帝只是微笑着，有时他的脸完全消失在了纷纷扬扬的大雪中。

"那么，克努尔普，"他提醒道，"回忆一下你的童年，回忆一下奥登瓦尔德的夏天，回忆一下在莱赫斯特滕度过的时光！你难道没有像小鹿一样翩翩起舞，感受每一处关节都跃动着美好的生命？难道你不曾歌唱、吹奏口琴，引得女孩们眼睛都瞪得大大的吗？你还记得鲍尔斯维尔的星期天吗？还有你的初恋情人亨丽埃特？是啊，难道所有这些都没有意义吗？"

克努尔普陷入了沉思，就像远处山中的火焰穿过黑暗照射过来，青春的欢乐照亮了他，并散发出蜂蜜和佳酿般的醇甜，奏出早春深夜里露珠般深沉的音乐。主啊，这一切都那么美好，快乐是美的，悲伤也同样是美的，哪怕错过一天都会让人深感遗憾！

"是啊，很美好，"他承认，却像一个疲惫的孩子一样，内心满是想要哭泣的矛盾情绪，"那时很美好。当然，也有内疚和悲伤。但无疑是美好的岁月，也许没有多少人曾像我当初那样痛饮，迈出如此美妙的舞步，欢庆如此的充满爱的夜晚。但那时，那时这一切就已经结束了！幸福中隐含着刺痛，我很清楚，之后再也不会有那样的美好时光了。不，再也不会了。"

亲爱的上帝远远地消失在了大雪里。现在，当克努尔普停下来稍稍喘口气，却在雪地上咳出一片片血斑时，上帝忽然再次出现，给出了回答。

"告诉我，克努尔普，你是不是有点不知感恩？我笑你竟变得如此健忘！我们回忆了你是舞池之王的时候，回忆了你的亨丽埃特，你得承认：这些都是美好的，使你感到快乐，是有意义的。而当你想起亨丽埃特的时候，我亲爱的，你怎么会忘记丽莎白呢？你难道已经完全把她忘记了吗？"

另一段往事就像一座遥远的山脉，再一次出现在克努尔普的眼前，如果说它不如刚刚那段回忆那样使人快乐的话，那么它的光芒就更加隐秘和真挚，就像女性在泪水间的笑容。曾经的时日从她们的坟墓升起，而他已经很久没有想到这些了。丽莎白站在中间，带着美丽而悲伤的眼神，怀里抱着一个小男孩。

"我多坏啊！"他又开始自怨自艾起来，"不，丽莎白死后，我也不该再活着的。"

但上帝没有让他继续说下去。他明亮的眼睛敏锐地看着他，继续说道："别说了，克努尔普！不可否认，你深深地伤害了丽莎白，但你也清楚地知道，她从你那里得到的温柔和美好远远超过不幸，而且她没有生过你的气，哪怕一刻。你还不明白吗，孩子，这一切的意义是什么？难道你不明白，你注定要以一个了无牵挂的流浪者的身份，带着孩童般的幼稚和笑容到处游历？这样，无论到了什么地方，人们都会对你产生一丝喜爱、一丝嘲笑、一丝感激，不是吗？"

"这些都是真的，"克努尔普在一番沉默之后才低声承认，"但那都是以前的事了，那时我还年轻！为什么我没有从中学到什么，而成为一个真正的人呢？本来是有时间的。"

雪停了，克努尔普又休息了一会儿，想把帽子和衣服上厚重的积雪抖搂下来。但他没有，他心烦意乱，疲惫不堪，而上帝现在就站在他面前，他明亮的眼睛睁得大大的，像太阳一样闪闪发光。

"要感到知足，"上帝劝诫道，"抱怨能起到什么作用呢？难道你真的看不出来，一切不正是朝着正确的方向发展着的吗？没什么需要去改变的。是啊，难道你现在愿意成为一位绅士或一名工匠师傅，有妻子和孩子陪伴左右，晚上读读周报，而不是马上出发，和狐狸一起睡在树林里，设置捕鸟器，驯服蜥蜴吗？"

克努尔普重新动身，虽然因疲劳而身体摇晃，但他并不在意。他内心变得愉快起来，感激地点头接受上帝告知他的一切。

（摘自《克努尔普》，1907/1914）

§

雪中漫步

山谷里响起了午夜的钟声，
月亮在寒冷、空洞的天空中徘徊。

在积雪和月光中，
我形单影只地走着。

我曾在春天走过多少条绿色的小径，
我曾见过多少夏日炙热的阳光！

我步伐疲惫，头发花白，
已无人知晓我曾经的模样。

我瘦弱的影子停下了疲惫的脚步，
旅程总有一天会结束。

梦想，曾带我穿过五彩缤纷的世界，
已离我而去。我现在才明白，一切都是谎言。

山谷中响起了午夜的钟声，
啊，月亮在上面笑得那么冷漠！

冰冷的雪啊，你围绕在我的额头和胸膛！
死亡却比我了解的更温柔。

§

当你累的时候可以沉沉睡去，可以将长久背负的
行囊从肩头卸下，那是多么珍贵而美妙的事情。

（摘自《玻璃球游戏》，1931—1942）

§

我们这个地区非常安静，与瑞士德语区不同，鲜
有人关注战争的情况。在多雨的日子走向尾声时，我
们迎来了一段美丽而持久的晴好天气，那是阳光和煦

的日子。冬天的时候，这里的风景是最美的，尤其是在没有降雪的时候，如诗如画，色彩斑斓。万物都笼罩着一种柔和而鲜艳的光泽，一种宁静的色彩。黄昏时分，山峦开始发光，这种光芒仿佛是从内部生发而来，渐渐增强，直至转变为一场热烈的光的庆典，每一次，它都像亲切而持久不衰的母性力量一样，微笑着对世界历史的纷扰发出无声的抗议。

（摘自《致马克斯·赫尔曼－尼斯的信》，
1939.12）

§

十二月初。冬天还在为它是否到来犹豫不决。强风肆虐，几天以来，淅淅沥沥的细雨持续不断，无聊的时候，雨点就会暂时把自己变成湿润的雪花。道路已经无法通行，白昼只持续六个小时之久。

我的房子孤零零地伫立在空旷的田野上，被呼啸的西风，雨中的晨曦，哗哗的水声，流淌着雨水的褐色花园和湿淋淋的、深不见底的田野小径所包围，已经不能确定这些小径能通往哪里。四下无人来往，世界已经消失在遥远的某处。一切正如我经常希冀的那样——孤独，全然的寂静，没有人和动物的踪影，我独自一人待在书房里，暴风雨在壁炉里悲叹，雨水拍打在窗玻璃上。

日子就这样一天天过去了：我起得很晚，喝牛奶，生炉子。然后坐在书房里，从三千本藏书中取出两本，交替阅读。……

等眼睛酸痛了，我就坐在扶手椅上，望着稀薄的日光从摆满书籍的墙壁上逐渐变暗，像水流一样干涸。或者我索性就站在墙壁前面，盯着书脊。它们是我的朋友，会陪伴我度过一生；即使我对它们的兴趣正在减弱，我仍需要求助于它们，除了它们我别无所有。我看着它们，这些沉默、被迫保持忠诚的朋友，想象着它们的故事。……

就这样，白天过去了。晚上，我在灯光、书海和雪茄的陪伴下，一直待到十点钟左右。然后回隔壁冰冷的房间睡觉，不知道为什么，我睡得很少。我看着四边形的窗户，白色的盥洗台，床头的一幅白色的画片在苍白的夜色中浮动，我听到屋顶在暴风雨中轰隆作响，窗户在风雨的冲击下颤动着，听到树木的呻吟声，雨点落下时的拍打声，我的呼吸，还有我微弱的心跳。我睁开眼睛，又闭上；我试着将思绪转向书籍，但并不成功，反倒联想起了以前的那些夜晚，那过去的十个乃至二十个夜，我以相同的方式躺着，苍白的窗户以相同的方式闪烁着，微弱的心跳为那苍白而空洞的时间计时。夜晚就这样过去了。

它们没有意义，像白天一样短暂，流逝是它们的使命。它们到来又流逝，直到重新获得某种意义，或者直到最后，直到我的心跳不能再为它们计时。然后，也许是在浅蓝色九月的某一天，也许是在风雪交加的时候，也许是在丁香花开的美丽六月，迎来棺材和坟墓。

但我的时间并非都是如此。在一半的时间里，那些我真正想要思考的东西会突然回到我的思绪里，书籍、风雨、苍茫的夜色总是将它掩盖和抽离。于是我开始思考：为什么会这样？为什么上帝抛弃了你？为什么青春离你而去？为什么你如此这般死气沉沉？

那些时光是美好的。压抑的迷雾消散。忍耐和漠然的情绪从我身体剥离，我清醒地看着那可憎的荒原，重新恢复了感受力。我感觉孤独就像冻结的湖泊围绕在我四周，我感觉到这种生活既羞耥又愚蠢，我感到失去青春的痛苦在心中猛烈地燃烧。这当然令人心碎，但毕竟这就是痛苦，是羞耻，是折磨，这就是生命，是思想，是意识。

上帝为何离弃了你？你的青春去了哪？我不知道，我永远都不会知道。这些都是疑问。这是反抗，不再是死亡。

我没有得到冀望的答案，却产生了新的疑问。比如：过去多长时间了？你最后一次年轻是什么时候？

沉思中，冻结的记忆开始慢慢流动，睁开了不确定的眼睛，忽然投射出清晰的图像，这些图像曾在死亡的遮蔽下沉睡不醒。

起初，我觉得这些图像无比久远，至少已有十年的历史。但慢慢地，麻木的时间感明显变得更加清晰，它展开了久已遗忘的时间之尺，点头、测量。我感到一切事物变得紧密相连，甚至连长眠的自我意识也睁开了它高傲的双眼，调皮地点头认可那些最令人难以置信的事物。它从一幅图像转向另一幅图像，说着："是的，这就是我。"于是，每一幅图像随即便从清醒而美好的静置状态中移置出来，成为当下生活的一部分，我生命的一部分。这种自我意识令人着迷，给人快乐的同时却让人不安。人们拥有这样的自我意识，但没有它也能生活，而且实际上也是如此。它很美妙，因为它模糊了时间感；它也很可怕，因为它否定了时间的消逝。

被唤醒的机能开始发挥作用，它们断定我曾在某个夜晚拥有过完整的青春，而且距今只有一年。那是一次微不足道的经历，太微不足道了，还不足以投下我如今长期生活其中的阴影。在我身上已经连续几个星期或几个月没有发生任何事情，所以这件小事对我产生了一种奇妙的影响，带来了比实际更多的意义，它像一个微缩的天堂，关照着我。我充满感激，因为它对我弥足珍贵。我拥有了一段美好的时光。一排排的藏书，客厅，烤炉，雨，卧室，孤独，一切都溶解了，融化了。我活动了一个小时，四肢得到了解放。

（摘自《厌世》，1908）

§

晦暗的冬日

这是一个晦暗的冬日，
寂静，几乎没有一丝阳光，
像一位闷闷不乐的老人，他不喜欢，

人们仍然来与他交谈。

他听到河水流淌，年轻人跑动，
充满了渴望与激情；
却觉得这种迫不及待的力量，
吵闹且徒劳。

他嘲讽地眯起双眼
以节省更多阳光，
空中下起了轻柔的雪，
就像把面纱拉到了眼前。

海鸥尖锐的叫声
惊扰了老人的梦，
还有山梨树下
黑鸟无休止的争吵。

所有这些纷扰喧嚣，
装腔作势地嘲笑他；
他却默默地飘雪
直到黑夜。

§
与火炉之间的对话

它向我介绍自己，胖胖的，肿肿的，大嘴里满是火焰。它叫富兰克林。

"你是本杰明·富兰克林吗？"我问。

"不，只是富兰克林·弗兰科利诺。我是一只意大利火炉，一项优秀的发明。虽然我在取暖方面并不突出，但作为一项发明，作为一个高度发达的工业成果……"

"是的，我知道。所有名字动听的炉子都能用于取暖，它们是优秀的发明，有些甚至可以算是工业的杰作，我从说明书上就能了解到这些。我非常喜爱它们，它们也值得人敬佩。但是告诉我，富兰克林，一只意大利的炉子怎么会取一个美国名字呢？这不是很奇怪吗？"

"不，这是一道秘密法则，你知道。懦弱的民族有歌颂勇气的民谣。冷酷的民族有歌颂爱情的戏剧。我们的情况也是如此，火炉的情况也是如此。一只意大利火炉通常有个美国名字，就像一只德国火炉通常有个希腊名字一样。它们是德国产的，比我好不到哪里去，但当它们被称为赫尤里卡[①]或凤凰或赫克托的道别的时候，就能让人们回忆起关于这些名字的伟大事迹。我的名字也一样，富兰克林。我是一只火炉，但我也可以是一个政治家。我有一张大嘴，温暖不足，透过烟管喷着烟雾，有个好名字，能唤起人们与他相关的记忆。这就是我。"

"当然，"我说，"我对你非常敬重。虽则你是一只意大利火炉，但肯定也可以用来烤栗子咯？"

"当然可以，每个人都可以自由地去尝试。这是一种消磨时间的方式，许多人都喜欢。有些人还会作诗或者下棋。他们当然也可以用我来烤栗子。它们可能会被烤焦，虽然栗子吃不得，但时间是消磨掉了。人们没有什么比消磨时间更喜欢做的事了，我是一件人造物，理应为人服务。我们各司其职，简简单单地做好自己的本职工作，不多也不少，我们就像纪念碑。"

"你说，纪念碑？你认为自己是一座纪念碑吗？"

"我们都是纪念碑。我们这些工业成果都是人类品质或美德的纪念碑，这种品质在自然界是罕见的，只

---

①赫尤里卡,希腊语,意为"我知道了",据传系阿基米德在沐浴时发现浮力定律后发出的兴奋的呼喊。

有在人类身上才能找到更高的层次。"

"你指的是什么品质，富兰克林先生？""无目的
感。与许多同类一样，我是这种无目的感的纪念碑。
我的名字叫富兰克林，我是一只火炉，有一张大嘴，
会吃木头，还有一根大烟管，热量可以通过它快速散
去。我身上还有同样重要的装饰品，狮子或者其他的
形象，我有可以打开或者关闭的挡板，这给人带来很
多乐趣。这也是为了打发时间，类似于长笛上的按键，
演奏者可以随意打开和关闭。这让他有一种错觉，认
为自己在做一件很有意义的事情，当然结果也是如
此。"

"你使我高兴，富兰克林。你是我见过的最聪明的
火炉。但现在的问题是：你到底是一只火炉还是一座
纪念碑？"

"你问得太多了！你知道，人是唯一赋予事物以意
义的存在。人就是这样，我为他服务，我是他的作品，
我满足于确立事实。人是理想主义者，是思想者。对
动物来说，橡树是橡树，山是山，风是风，而非神的
孩子。然而，对于人来说，一切都是神圣的，一切都
是有意义的，一切都是象征性的。一切事物的意义仍
然与它的本质完全不同。存在和现象是冲突的。这是

一项古老的创造，它可以追溯到，我想，柏拉图。杀人是英雄的行为，瘟疫是上帝的庇护，战争是对上帝的颂扬，胃癌是进化。一只火炉怎么可能只是一只火炉呢？不，它是一种象征，一座纪念碑，一个传道者。它看似是一只火炉，在某种意义上确实是，但从它简单的外观，你可以看到古老的斯芬克斯神秘的微笑。它也是某种理念的承载者，是一种神圣的声音。这就是为什么人们喜欢它，这就是为什么人们对它表示敬意。这就是为什么供暖只是它的兼职。这就是为什么他们叫它富兰克林。"

（1919）

§

雪

覆盖森林和花园的雪花
只是一片供你们休憩的轻盈的屋顶，
疲惫的世界会在下面
休息一会儿。但很快就会苏醒。

23

当死亡将我的血液和四肢冷却，
请微笑着说出你们的葬词！
一个短暂的形象静静地沉入废墟；
我是什么，曾经是什么，将永存。

§

　　一个人的生命和诗人的作品生发于成百上千个根源，只要它们还未完成，就会有成百上千个新的联系和连接形成。如果将某一个人的生命从开始到结束，连同所有根须之间的交织全部书写下来，将会是一部如世界历史一样浩瀚的史诗。那些对此悉心留意的老人会发现，尽管他们的力量和能力在减弱，尽管生命到了晚期，但无穷无尽、相互交织的网络仍然每年都在扩大和增加，只要记忆是清晰的，所有短暂即逝的过往都不会丢失。

（摘自《圣诞礼物》，1956）

§

最近，一位朋友从城里写信给我，想让我相信，留在乡村里过冬是不明智的。他说，缺乏交际和消遣的生活会要了我的命。"想想城市里的冬天，"他继续说，"当你感到无聊的时候，只要看看窗外，展示在你面前的就是一本永远翻阅不完的画册。"啊，是啊，我好像还记得这本画册。不了，谢谢。

（摘自《在窗前》，1904）

§

隆冬时节，降雪与焚风交替，污泥里结满了冰霜，田间小径已无法通行，邻里之间也被阻隔了。在寒冷的早晨，湖面升腾着白色的雾气，水面上形成了玻璃般脆弱的浮冰，但等到下一次暖风刮来，黑色的湖水又会再次泛起涟漪，充满活力，像在最美丽的春日里那样，向东流去。

我坐在温暖的书房里，随意读些书，胡乱写些文章，做些遐思。总得有人去阅读那些年复一年写就和出版的作品，既然没有别人，那只好由我来做了，部分当然是出于兴趣和同事之谊，部分是因为想把自己当成批判性的媒介和过渡地带置于公众和书海之间。许多书其实既风趣又好看，值得公众阅读。然而有时我的行为似乎是多余的，我的意愿会导致完全错误的结果。

有时，当外面下起雪来，或者雨水飞溅的时候，我会不自觉地拿起《瑞士贝德克尔导游手册》，阅读有关格劳宾登州的章节，看着地图，轻松地叹一口气，想象阿尔布拉河地区壮丽的雪景和那些充满阳光、蓝天和欢笑的冬日时光，但看到圣莫里茨的酒店价格，只得忧伤地将书放下。

每当天气转暖，湿润的天空透过西风裹挟着的淡灰色和褐色的云层，越过湖泊向我送来问候时，我常常会走进卧室逗留片刻，卧室墙上挂着大幅的意大利地图，我觑觎的目光在波河和亚平宁山脉上漫游，穿过绿色的托斯卡纳山谷，沿着里维埃拉蓝色的海湾和黄色的沙滩，甚至还偷偷看了西西里岛一眼，最后目光迷失在了靠近科孚岛和希腊所在的地方。亲爱的上帝啊，它们挨得多近啊！就像是可以瞬间毫不费劲地去到任何地方！我吹着口哨回到书房，读一些无关紧要的书，写一些无关紧要的文章，想一些无关紧要的事。

（摘自《旅行的兴致》，1910）

§
女孩坐在家中歌唱

啊，洁白而冰冷的雪，
你是否飘落到了遥远的土地，
是否飘落在我爱人棕色的发间
和他亲爱的手心？

啊，洁白而冰冷的雪，
是否他也感到寒冷？
告诉我，他是躺在白茫茫的雪地里，
还是在黑暗的森林里？

啊，苍白而虚伪的雪，
你别打搅我的爱人！
为什么你要遮住他的头发，

蒙蔽他的双眼？

啊，苍白而虚伪的雪，
他根本就没有死去；
也许他被困住了，
只有面包和水。

也许他很快就会回来，
也许他已经站在门外，
那我应该拭去泪水，
否则我怎能把他看清？

§

　　雪几乎不间断地下了三天四夜。这是一场细絮般
持久而美丽的降雪。昨晚的积雪冻得像玻璃一样坚硬。
那些没有每天在门前扫雪和铲雪的人现在都被困住了，
他们只得抓起铁锹清理大门口、地窖入口和窗户。村
里许多人都遇到了同样的情况，他们穿上长筒靴，戴
上连指手套，给脖子和耳朵围上羊毛围巾，一边抱怨
一边在房前屋后忙乎起来。心态从容的人则很高兴降

雪在霜冻前就来了，让冬季播种的田地免于霜冻的威胁。但是和其他地方一样，这里心态从容的人也是少数，大多数人会拖着哭腔咒骂这个过于严酷的冬天，聚在一起清算他们的损失，聊起类似的严酷年份里发生的令人胆寒的往事。

对村子里大部分人来讲，这样美妙的日子并不代表欢乐、壮丽或者神的庄严，有的只是操心和麻烦。能待在家里的就待在家里，能待在畜栏里的就待在畜栏里，那些不得不外出的，就用布片紧紧裹住身体乃至灵魂以抵御严寒，他们渴望的无非是赶紧回到荒废已久的炉边长凳上，看着铁铸的加热板在绿砖间发出熊熊的火光。没有哪个村民会相信，在一个画家的眼里，这样的冬日却比仲夏日还要欢快、蔚蓝和耀眼。

天空纯净而蔚蓝，向浩瀚无边的远方敞开，森林在厚厚的积雪下沉睡，山峰像闪电一样耀眼，或发出红色的光芒，或披着童话般长长的蓝色阴影，在它们之间，尚未结冰的湖泊如绿色的玻璃一般，从近处看如镜子般明亮，从远处看则是一片深蓝色和黑色，被四周耀眼的雪白岬角所包围，上面除了一排排光秃秃的杨树树干以外，没有一处是昏暗的。穿透空气，穿透无边无际的天空，强烈的光芒恣意而纵情地涌现，经过皑皑白雪中每座山峰、每片牧场和每块岩石的反射而强度倍增。它在雪白的大地上闪烁出绵延不断的波浪，给森林和远处山脉的边缘镀上了金色的镶边，在空气中闪耀着纤细如发丝的、宝石和彩虹般的色泽，满足而甜蜜地栖息在黄色的芦苇上和对面绿色的湖湾中，甚至使所有的阴影变得更加柔和，蓝色变得更加柔软和空灵，好像要在今天，在这个辉煌的日子里，给每个反抗到最后一刻的地方注入光亮，直至饱和。

人们不相信这样的白日会变成黑夜，而当暮色最终降临时，一切都显得美妙无比。闪亮的独特色泽缓缓耗尽，疲惫地寻求庇护，即便在白日过后，没有月光照耀的夜晚，也并不会变得完全漆黑一片。这也是为何雪会让白天变得如此漫长，因为冬天纯净的天空和无拘无束的阳光使我们变成了快乐的孩子，让我们再次看到了辉煌万物间的大地，再次像孩子一样无视时间地生活，惊讶于每一个小时出现的奇迹，对结局无所畏惧。

（摘自《冬日的光辉》，1905）

§

近三周以来，我们这里一直被积雪覆盖着，在阳光日复一日的照耀下，一米多厚的积雪虽然现在变薄了一些，但还是颇为可观。在冬季的这些月份里，这里的气候特点便充分地体现出来了。它与北方冬天的不同之处不是它格外温暖，而是拥有大量日照。

（摘自《致安妮·赫本乌泽尔^①的信》，1933.2.3）

§
花朵如此缄默

花朵如此缄默与阴沉，
自从我童年所有的爱好、
幸福和青春都已躺进坟墓。
天空哭泣，
苍白的星辰在远方孤寂地闪耀，

---

①即安妮·露丝·卡尔松(生于1911年11月1日,夏洛滕堡;卒于2001年2月20日,柏林),德国语言学家和翻译家。

很快便沉入黑暗。

歌声已经停止，
金色的琴弦已被冬季
第一场严酷的霜冻腐蚀；
树木轻轻地摇晃着树梢，
冰冷刺骨的东北风
在漆黑的山顶呼啸。

歌声和笑声逐渐微弱，
那所房子，歌声曾在那里为我响起，
已陷入深深的寂静，
漆黑的树木悲伤地摇曳着，
夜莺已经飞走，
现在，我可怜的心，你也碎了！

§

一天早上，歌尔德蒙在天亮后不久便在床上醒来，有那么一会儿，他若有所思地躺在床上，梦中的景象仍萦绕在他周围，但相互之间却毫无关联。他梦见了他母亲和纳尔齐斯，两个人的形象还依旧清晰可见。当他从交织的梦境中解脱出来时，一道奇异的光线吸引了他的目光，是今天从窗户的小洞里透射进来的一种奇特的亮光。他一跃而起，跑到窗前，向外望去，只见窗檐、马厩的屋顶、院子的入口处以及远处的整片区域都闪烁着蓝白色的光芒，原来它们都披上了冬天的第一件雪衣。他心中的躁动与这个宁静、谦恭的冬季世界之间的反差让他感到吃惊：农田和树林、山峰和牧场，平静、虔诚、令人动容地将自己交付给了阳光、风雨、干旱和大雪，美丽的枫树和白蜡树温和地承受着冬季给它们带来的重负！难道人不能像它们一样，不能从它们身上学到些什么吗？

（摘自《纳尔齐斯与歌尔德蒙》，1927/1929）

§
克林索尔致伊迪丝

今天我要为你演奏一首，
在冬日的傍晚，拨动柔和的琴弦，
一首来自青葱岁月的歌，

森林的夜温柔地
用树叶充满爱意的低语吸引我们。
我的歌在暮色中潜行
在被遗忘的小径，

啊，永远不会忘记，
在那儿我曾戴着克林索尔秘密的冠冕，
在七月的月光下
虔诚地将它献给酒神和爱神。
你们都死了吗，亲爱的
那段令人陶醉的时光的影像？

是的，你们死了，你们枯萎了！我却
活着，当下一场风暴
把你们的灰烬从我头顶吹散，将我心头的面纱撕碎，
当冠冕再次闪耀，所有的星辰重新发光，
茂密的森林会喊出
我的名字和我对你的爱。

§

在一个没有课的冬日，我们八到十个年轻人一起去了镇上，包括莉迪和她的三个女友。我们带着雪橇，那时人们还把滑雪橇当作孩子的游戏，我们来到群山峻岭的郊区，在街道和牧场斜坡上寻找合适的雪橇滑道。我清楚地记得那一天，天气并不十分寒冷，太阳会时不时露出头来，照上一刻钟左右，空气中弥漫着积雪美妙的气味。女孩们穿着五颜六色的衣服，戴着围巾，站在雪白的地面上。寒冷的空气令人陶醉，在这种清新的环境中进行剧烈运动是一种享受。我们这伙人快乐极了，相互嘲弄，互相开玩笑，用雪球回应，演化成一场场雪仗，直到我们浑身上下热气腾腾，沾满雪沫，不得不停下来调整好呼吸才能继续上路。我们搭起了一个巨大的雪堡，任由它被风雪围困、袭击，因为那时我们早已驾着雪橇在牧场的小斜坡上四处滑行了。

中午，暴风雨使我们饥肠辘辘，于是我们在一座村庄里找到了一家舒适的酒馆，让人煮上饭、煎上肉，抢占了钢琴，唱起了歌，大喊大叫，接着又点了葡萄酒和格罗格酒。饭菜来了，大家欢天喜地庆祝，好酒源源不断，之后姑娘们想喝咖啡，而我们想喝甜酒。小客厅里充满了喊叫声和节日的噪音，我们所有人都头晕目眩。我一直陪在莉迪身边，她今天显得特别亲切，对我也特别关照。她的笑容在狂欢和陶醉的气氛中灿烂地绽放着，美丽的双眼闪烁着，容忍着放肆又让人害臊的爱抚。罚物游戏开始了，大家把抵押品放在钢琴边上，主人要通过戏仿教师才能赎回它们，或者通过接吻，但每次接吻的过程需要接受大家的观摩。

当我们满脸红光，吵吵嚷嚷地离开酒馆，动身回家时，仍是下午，虽然时间尚早，却已经显露出些许暮色。我们像淘气的孩子一样在雪地上一边嬉戏一边走着，不紧不慢地穿过悄然降临的黑夜，回到了镇上。我设法让自己陪在莉迪身旁，现在我就是她的骑士，不管是否会招来别人的反对。我让她坐上我的雪橇，我一段一段地往前拉，尽我所能保护她免受雪球攻击。最后他们放弃了，每个女孩都找到了自己的伴侣，只有两名落单的男同学在一旁挑衅、逗趣。我从未像那几个小时里那样兴奋和疯狂地爱过；莉迪挽着我的胳膊，默许我走路时悄悄地将她拉到我身边。在暮色中，有时她滔滔不绝，而有时，她就在我身旁幸福地沉默着。我心中充满了渴望，决心充分利用这个机会，或者至少尽可能久地维持这种舒适、温柔的状态。当我在镇子前建议绕道时，没有人反对，于是我拐进一条美丽的山路，这条陡峭的山路沿着山谷上方环绕了半圈，从上往下望去，山谷和镇子一览无余，远处闪烁着一排排路灯和数不清的红色灯光。

§

莉迪仍紧紧抓着我的胳膊，她面带微笑，任由我滔滔不绝，看到我快乐又充满活力的光彩，似乎也被深深地感染了。在我悄悄用力将她拉到我身边，想吻她的时候，她却连忙挣脱开，跳到了一边。"看，"她喊道，松了一口气，"我们滑到那片草地上去！你害怕吗，我的勇士？"

我低头一看，吃了一惊，因为山坡太险峻了，以至于一时间我对这个顽皮的提议的确感到了畏惧。"不行，"我不假思索地说，"天太黑了。"

她随即用愤慨的语气嘲笑我，说我是兔子脚，而且发誓如果我不敢一起，她就独自滑下坡去。

"我们当然会被撞倒的，"她笑着说，"但这才是驾雪橇过程中最有趣的部分啊。"她引诱我，我突然有了主意。

"莉迪，"我轻声说道，"我们可以驾雪橇滑下去。如果我们被撞倒了，你尽可以往我身上洒雪沫，但如果我们顺利滑到下面，我也要奖励。"

她笑了笑，便在雪橇上坐了下来。我望着她的眼睛，它们散发着温暖而欢快的光芒，我在前面的位置上坐定，让她紧紧抱住我，然后就驾车飞驰而去。我能感觉到她抱着我，双手交叉紧扣在我的胸前，我想对她喊些什么，但喊不出来。山坡太陡峭了，我甚至有一种坠入虚空的错觉。突然间，一种恐惧感钻入了我的内心，于是我立刻伸出双脚，想用脚底去触及地面，把雪橇停下来，或者索性把它弄翻。但太晚了，雪橇势不可当地往下冲去，我感觉到一股冰冷刺骨的雪沫涌到我的脸上，然后听到莉迪恐惧的尖叫声，之后便什么都听不见了。一次沉重的打击，就像铁匠的锤子一样，击打在我头顶的某个地方。一阵刺骨般的剧痛后，我最后感觉到的，是一阵寒冷。

在这次短暂的雪橇之旅中，我为青春时代的情欲和愚蠢付出了代价。在这之后，许多事情，连同我对莉迪的爱都消失了。

我从事故发生后的骚乱与充满惊恐的忙乱中解脱

出来。对其他人来说，那是令人难堪的时刻。莉迪的叫喊声响起时，笑声和逗趣声从黑漆漆的上方传来，直到后来他们才终于意识到发生了事故，艰难地从山上下来，花了好一会儿才从陶醉和兴奋中清醒过来。莉迪脸色苍白，失去了知觉，但毫发无伤，只是手套被撕破了，在她那双细细白白的手上留下了些许淤青和血迹。他们把我当作死人一样抬走了。后来我试图找到雪橇和骨头撞到的那棵苹果树或梨树，但怎么也找不到。

　　他们认为我得了脑震荡，但情况并没有那么严重。我的头部受到影响，在医院花了很长时间才恢复意识，不过伤口愈合得很好，大脑也得到了充分的休息。相比之下，我先前就断过几次的那条左腿却再也无法恢复正常了。从那时起，我成了瘸子，走路一瘸一拐的，再也无法大步流星地行走，更不用说跑步或者跳舞了。至此，我的青春意外地把我指向了一条通往静谧之地的道路。我并非毫无懊悔和抗拒，但我还是接受了，我甚至觉得，在我生命的旅程中，我本就不想错过那晚的雪橇之旅及其带来的后果。

（摘自《盖特露德》，1910）

§

冬夜

壁炉里火舌窜动，
窗外是灰蒙蒙的大雪，
穿透了黄昏的哀悼，
闪动着夏天的回声。

现在我想起了我的童年时光，
早已忘却的童话氛围苏醒了：
钟声响起，脚踩银靴，
圣诞老人穿过了白茫茫的夜。

§

救世主

一次次他以人的形象诞生，
与虔诚的人交谈，与耳聋的人说话，
走近我们，又再次被我们遗失。

一次次他必须独自站立，

背负起兄弟所有的苦难和渴望，
一次次他被钉在十字架上。

一次次上帝要宣扬自己，
让崇高坠入罪恶的谷底，
让永恒之灵注入肉身。

一次次，在同样的日子，
救世主来给我们赐福，
用无声的凝视来关照
我们的恐惧、眼泪、疑问、怨愤。
我们却不敢回应，
因为只有孩子的眼睛能将它承受。

§

圣诞节前夕的橱窗

实际上，圣诞节是一个我不喜欢谈论的话题。一方面，这个美丽的单词唤醒了深埋于童年传说之泉中神圣的记忆，在生命之晨的金色光芒中神秘地闪烁，被坚不可摧的神圣象征所照亮：马槽、星星、救世主、牧羊人、国王以及来自东方的智者的朝拜！但另一方面，它却是一个缩影，是一本充斥着中产阶级多愁善感和谎言的有毒杂志，是工商业狂欢的时刻，是百货公司的闪亮登场，散发着油漆罐、冷杉叶和留声机的气味，散发着疲惫不堪、暗自咒骂的送奶工和邮差的气味，散发着中产之家装饰华丽的圣诞树下那种做作的节日气味，散发着报纸增刊和活跃的广告业务的气味，总之，散发着千万种我所痛恨和厌恶的事物的气味。如果不是利用了主的名字和我们最温柔岁月的记忆，那它们会显得更加可笑和无足轻重。

那么，我们不谈论圣诞节吧——因为我仍然不知道给女友送什么礼物，也不确定二十马克作为礼物送给厨师是否足够，这些都让我感到沮丧。如果我能阻止朋友S再送我一份像去年那样虽然贵重却无用的礼物就好了！或者，如果不能完全避免想到圣诞节，希望起码是那种对圣诞节最真切的期待，即使我现在心情沮丧、倍感孤独，但依然能感受到亲手制作圣诞礼物的快乐，和少年时代一样，我现在也还是习惯为我的朋友们亲手制作礼物：誊抄了新诗的小笔记本、水彩风景画片等等。

尽管心怀种种矛盾和压抑的情绪，我还是得承认：

在十二月的某些夜晚，在沉闷、云雾笼罩的下午过后，商业街开始热闹起来，橱窗里色彩缤纷的华美灯光落在被雪覆盖的潮湿的柏油路上，街道上的气氛变得喜气洋洋，这种表面热闹的圣诞商业气氛虽然虚假，但花上一小时在我平常避开的这些城区漫步，陶醉于街道两旁金光闪闪的商店，着迷地观赏它们，也确实给我带来了一些乐趣。我幻想自己是来自巴格达的哈里发的儿子，经过漫长的冒险旅程，摆脱了致命的危险和痛苦的监禁，来到了远东一座闪亮的城市，满心喜悦和好奇地混迹于喧嚣声不绝于耳的集市里。

沉思与这种氛围互不相容，而这样的夜间漫步的美妙之处恰恰在于它能把我从沉思中解脱出来。但是，如果我稍加思考，观察一下自己，总会惊讶地发现（有时是笑着，有时却是相当尴尬的），我，一个精力充沛的五十多岁的人，虽然有着微微花白的头发和一张戴着眼镜的温和面孔，在我灵魂深处却一定还保持着天真，或者说是重新找回了天真。我意识到这些，是因为我努力想要弄清楚这些塞得满满当当的、晃眼的橱窗究竟是如何影响我的，是什么样的物品吸引了我，激起了我想得到它们的愿望。最后我发现，那些吸引我、激发我欲望的东西，几乎都和我童年或者青年时代的那些东西一样。

实际上，在这些琳琅满目、数量过剩的商品当中，只有极少数是我渴望得到的，新的技术成就也给我一种冰冷的感觉。我吃惊地看着站在橱窗前的那些充满好奇和渴望的行人，我对这些橱窗深感厌烦，绝不会在它们面前放慢脚步。比如出售柯达相机、留声机、运动器械、收音机的商店——即便我有某种特许证，能允许我随意从商店选择任何我想要的东西，我也会毫不犹豫地把它扔掉，继续前进。精密的计时器、稀奇古怪的剃须刀、闪闪发亮的显微镜、小巧玲珑的室内电影放映机——对我来说，这些东西都不及一张包装纸有价值。

书店的展品则不同，尽管我对书籍相当挑剔，但好的书店总会让我驻足片刻，吸引我的不光是这个关乎精神领域的市场，同行的名字、出版商的赞誉之词，甚至书籍的材质也同样吸引着我：红色的皮革书脊，漂亮的英国亚麻布，精美的染色羊皮纸，粗糙的结节状帆布封面。是啊，在书的世界里，尽管总体而言，制作水准还相当糟糕，但还是有一些令人心仪的版本等你去发现。……

如果说这些书店让我想起了年轻时代的热忱和渴

望，那么其他一些景象则把我带回了更遥远的过去，也许我应该先提它们的名字——关于书籍的记忆，我没有撒谎，但也带有一些粉饰的成分——因为给我留下最深刻的印象，带给我最温暖的经历，激起我最强烈的愿望的，是那些橱窗和商店。我带着孩子般的赞叹和原始的欲望，看着那些诱人的食品，特别是那些充满童真的、最甜美的糖果。对于旅行中的哈里发王子来说，当看到那些装满大块巧克力的巨大水晶碗、彩色包装的堆积如山的巧克力条，以及那些装满了蛋白糖和巧克力泡沫的豪华盘子时，他童年时强烈的欲望又回来了。另一个比柯达和扩音器更具诗意的橱窗也吸引了我，那里挂满了闪闪发光的香肠串、风干后的色拉米肠、卷在锡纸里斜切好的肝肠。我已经很久没有吃香肠了，因为其中大部分我消化不了，所以我永远不会买。香肠是乐观主义者的食物，但我还是为之着迷，它们能给我一种生活富足和舒适的感觉。对了，还有一种柔滑的火腿卷，包裹着火腿肉的精华，诱惑我去尝试一番，天知道我是否能忍住购买的冲动。与它相邻的商店里摆出来的东西更加美味诱人，有蜜饯、梨、桃子、开心果、橄榄、菠萝，像一颗颗充满异域风情的硕大宝石，闪耀着神奇的色彩。因为无法消化，我都不会购买。蜜饯虽然不是专供乐观主义者享用的食物——不是，准确地说是为妇女和年轻人准备的——但也绝不是为那些需要受人照料、肠胃虚弱的中老年人准备的。我跟跟跄跄地继续走着，真是看花了眼！

有一家陈列着保温瓶、暖气片、汤婆子的商店，我理应加以关注才对，却无动于衷地走过了，因为对面那家药店吸引了我的注意。我喜欢看这样的集市，虽然我对这种用形象的商业符号来说明科学与工业之间结合的方式抱着极大的嘲讽态度，但我还是会饶有兴趣地阅读那些五颜六色的瓶子和漂亮的丝质包装上信誓旦旦的词句。其中大部分用的是拙劣捏造的希腊语。比如，一个椭圆形的玻璃瓶承诺道："痛风去无踪！"另一张海报上写着："您神经紧张吗？"无论哪种，我都无法产生共鸣，也讨厌这样愚蠢的问题。当然我也不时能在小瓶小罐，或者包装盒里发现许多好朋友，它们是我熟悉和珍视的药品。在旅行中我总会选择性地随身携带一些。名字我就不提了——还从来没有哪家制药厂给我寄来药物要我写药评的呢。

在节日期间，商店闪耀着美丽的光芒。有两种商店，我有时会在它们面前驻足，不是看它们陈列的商品，而是观察被它们吸引的行人。一种是贩卖儿童玩具的商店，另一种是为高雅女士提供衣服、珠宝，以及头发、皮肤、指甲用品的商店。在这些地方，我总会看到一双双美丽的眼睛，在最原始欲望的赤裸火焰中闪闪发光。你会惊奇地发现，世界上竟还有这么一些领域和行业，虽然无法直接认识到它们的必要性，却可以通过这种间接的方式接触到。有一个不起眼的橱窗，每当我停下脚步，欲望便会获得最直接的满足。那里陈列着精选的白兰地和上等的葡萄酒，在明亮、美丽的橱窗里，玻璃板上摆放的烟草和雪茄吸引着我，有用锡箔纸包裹、又粗又重的进口烟，有黑色的上等巴西雪茄，有漂亮的浅色荷兰烟，还有精致的马尼拉烟。

还有一种商店从未失去它的魔力。这些商店出售纸张、铅笔、钢笔、颜料、水彩画盒、尺子、圆规、炭笔等等。我可以在那里待上很久，吸引我的或是一套美妙的巴黎/伦敦系列水彩画，或是一捆上等的克希努尔铅笔，或是一盒西伯利亚石墨，或是一沓精美的纸张，一百张这样精致、结实的手工纸，就是一份对我有巨大诱惑力的礼物！

逛到最后，人们反而会犹豫起来，想着还有时间，改天再买吧。啊，但愿Ｓ不要在圣诞节送我一台柯达或者一篮子兰花啊！

（1927）

§

平安夜

我久久地站在漆黑的窗前
凝望着白色的城市，
聆听着钟声，
直到它停止。

寂静而纯洁的夜晚
在冬日冰冷的光泽中如梦如幻，
在苍白银月的守护下，
走近我的孤独。

圣诞！——深深的思乡之情
在我的胸膛里呼唤，哀思
那遥远而宁静的时光，

圣诞节也曾为我而来。

从那时起，带着深沉的激情，
我在地球上到处奔波，
为了智慧、黄金和幸福，
永不停息地游历着。

现在，在经历了挫败后，
我疲惫地奔向最后一段旅途的边缘，
而在蓝色的远方，
家园和青春就像一个梦。

§

橡树、桤木、山毛榉和柳树上，挂满了形状精致
而奇妙的冰霜和雪花。池塘里，晶莹的冰面在严寒中
咔咔作响。回廊庭院看起来就像一座寂静的大理石花
园。一种欢度节日的兴奋感贯穿了整个客厅，期待圣
诞节到来的那种喜悦之情甚至给两位从容、老成持重
的教授也带来了一丝温情和欢快的光芒。师生中没有
人会对圣诞节无动于衷，甚至连海尔纳也没有了一脸

不幸的表情，脸色也不再阴沉。卢修斯在思考假期要带哪些书和鞋子。家信里满载着美好预兆：有询问最大的愿望是什么的，有关于烘烤日的只言片语，有对惊喜的暗示，还有即将再次相见的喜悦。在假期回家之前，博士生院，特别是希腊语教室，将迎来一件轻松愉快的趣事。大家决定邀请教职工参加晚间举行的圣诞宴会，宴会将在最大的教室——希腊语教室里举行。大家虽然已经准备了一份节日致辞、两段朗诵、一段长笛独奏和一段小提琴二重奏，但觉得节目单上很有必要再增加一个滑稽节目。于是纷纷出谋划策，有人提出想法，也有人表示反对，最终也没能达成一致。

这时，卡尔·哈梅尔随口说道，要是埃米尔·卢修斯表演一段小提琴独奏，那肯定很有意思。这句话起了作用，大家又是恳求，又是承诺，甚至连带着威胁，最后这位怏怏不乐的音乐家总算被说服了。于是，他们把邀请函连带节目单一起恭恭敬敬地寄给了老师们，节目单上新增了一个特别的节目："平安夜，小提琴曲，由卧室艺术大师埃米尔·卢修斯演奏。"之所以有"卧室艺术大师"这个称号，是因为他常常躲在那个偏僻的音乐教室里勤奋练习。

埃弗鲁斯、教授、留级生、音乐教师和助教（由大学高年级学生充当的教师助手）都受到了邀请并出席了宴会。当卢修斯穿着从哈特纳那里借来的黑色翻领礼服，头发梳理得整整齐齐，带着他那温和谦逊的微笑登台时，音乐教师额头上冒出了冷汗。他的鞠躬就像发出了快乐的邀请，经他的演奏，《平安夜》变成了凄怆的悲叹，一首充满痛苦哀嚎的悲哀之歌，他开了两次头，每一次都把旋律拉得支离破碎。他脚踩着节拍，但样子就像木工在严寒天里做工一样。埃弗鲁斯先生快乐地对音乐老师点了点头，后者却因恼怒而脸色发白。

卢修斯尝试第三次演奏曲子，但还是卡住了，于是他放下小提琴，转身向观众致歉："没办法，我是从去年秋天才开始学习小提琴的。"

"没关系，卢修斯，"埃弗鲁斯喊道，"我们感谢你的努力。继续学下去。经历艰难，必将触达星辰！"

（摘自《在轮下》，1905/1906）

§

耶稣诞辰

这一次你不再是马槽里
那个脸庞甜美、金发的孩子，
洁白的天使微笑着将他侍奉，
我们只有在乡愁中才能与他靠近。

这一次你是我们的男子汉和英雄，
你沉静的眼睛因胜利而闪光，
在与世界抗争的事业中
从容地付出自己的鲜血。

§

致圣诞

　　战争开始后的第四年，基督之子再次降临。虽然战争已经显露出一丝即将结束的曙光，但人们仍然无法预见它会持续多久。

　　所有饱受战争之苦的人，尤其是那些在敌国沦为俘虏的人，他们会把这个圣诞节当成一个悲痛的节日去庆祝，以缅怀那些已然失去的心爱之物：家园和童年、和平和随之而来的幸福。所有人内心最深处的呼声，是对"地球和平"的渴望，这正是圣诞福音所赞美的。

然而，我们不要忘记，圣诞节不仅仅是儿童的节日，更是天使宣告耶稣诞生的声音，也不仅仅是儿童悦耳的音乐，更是对失意者的抚慰。

尽管美好，但它不是童话故事，圣诞节带给我们的不仅仅是闪闪发亮的圣诞树和童谣。基督的理念虽然在形形色色的忏悔中以不同方式得到诠释，但都具有帮我们每一个个体找到新的驱动力的价值，提醒我们为人的本质，形成属于自己的救世图景。对我们每个人来说，重要和有意义的首先是树立通过爱进行救赎的观念。不能仅靠天使的圣坛来提醒我们去寻求这种救赎，所有伟大的思想家、诗人和艺术家的声音也都在呼唤和提醒我们。所有这些声音的深刻价值完全在于它们预示了一个事实、一条道路、一种可能，它鲜活地存在于每个人的心里。

圣诞节，和任何一个其他节日一样，不应该仅是回望过去，而应该让我们内心所有美好的愿景重新振作和凝聚起来。因为希望是给予那些仍心怀美好愿景的人的。

如果我们只哀悼已然失去的东西，只记住无法挽回的东西，我们就失去了美好的愿景。只有当我们意识到自己内心最好、最有活力的那部分，并听从它的呼声时，我们才会重新找回美好的愿景。那些认真思索过这个问题的人，那些重新发誓要忠于那个最好的自己的人，就会找到庆祝这个节日的正确心境。只有这样，他才能收获节日的钟声、烛光、颂歌和礼物中包含的真正价值和光芒。

(1917)

§
老人的圣诞节

当我还是个孩子的时候，在圣诞节期间，
在蜡烛和新玩具香气的环绕下，
我幸福而不知疲倦地
在圣诞树下玩耍：小马、
画册、火车、小提琴！
尽管对玩具的热情消退

它们变成了平淡的日常之物，圣诞树
却总是新的，是盛宴和奇迹，
它用魔法之网将我围绕。

如今，我不再了解新的游戏，
光彩和欢乐已经耗尽，留在身后
漫长道路上的，是破碎的玩具，
残缺的碎片叮当作响。但渴念
为我描绘出了最后一场最高深的魔法，
用最迷人的色彩：最后的盛宴，
从游戏和儿童的世界中退出，
深深地盼望进入下一个世界。

我想到了你，当空旷的世界
在我身边闪烁着它的彩色碎片，
我会想到你，最后的游戏，亲爱的死亡！
童年的欢乐将再一次闪耀，
干枯的圣诞树将再次盛开，
奇迹将闪烁，从内心的幽暗深处
会涌起新的喜悦。
在烛光与冷杉的香味之间，

在杂乱破碎的玩具之间，
从充满幸福的幽暗中
传来母亲遥远的呼唤。

§

圣诞期间

我喜欢在圣诞期间旅行，
远离孩子们的欢闹，
独自行走在森林和雪地里。
有时，但不是每年，
会出现一个美妙的时刻，
使我从过往的一切中
获得片刻的治愈。
在森林的某处驻足一小时，
深深地感受童年的气息，
再次成为一个孩子⋯

§

圣诞节之后

圣诞节后的那几天，我不安地看着放在衣柜上的那些包裹，忧心忡忡。它们都是我收到的圣诞礼物，因为用不到，只好拿去调换。我们总会这么做，在一些声誉较好的商店里，从圣诞节商业活动开始直至"调换日"，店员始终保持着灿烂友好的笑容，令人惊叹。尽管如此，我还是不喜欢。购物对我来说已经很困难了，能拖则拖——而现在还要回到商店里，要求别人为我服务，为已经做过的事情再次费心！我不喜欢这样！不，这让我非常反感，如果让我来决定，我宁愿把那些用不到的礼物放进抽屉里，让它们永远留在那。

幸运的是，我的女友对此非常熟稔，在我的请求下，她陪我跑了三家商店。她很乐意这样做，不仅是为了我，还因为她觉得这很有趣，是一种锻炼，是一门实践的艺术，让她觉得快乐。我们带着手套一起去了商店，打过招呼后，便打开了圣诞手套的包装，我紧张地转动着手中的帽子，搜寻着人们惯常在这种交易中使用的词汇，可惜并不成功，所以听到我的帮手替我把话都说了，我很高兴。看啊，她的魅力轻轻松松地发挥着作用，他们笑了，他们拿回了手套，感谢上帝。忽然间我就站在了琳琅满目的各色衬衫面前，他们允许我挑选一件。这我擅长，我显出一副老练的样子，努力回忆着我的衣服尺码，很快我们便带着新的包裹走出了商店。今天一整天他们都在交换手杖、手套和帽子，像是在以此追庆救世主的诞生。

调换新钢笔的过程也很顺利，我不得不坐在拥挤的商店里，面前是一位和蔼可亲的年轻女店员，她给了我一些书写纸和笔尖供我选择，我坐在那儿涂涂写写，画花、画星星、画大写的首字母，直到纸张被我画满为止。然后我从试写过的笔尖里挑了一个，如果我还有书写困难的话，那就怪不得笔尖了，因为这个美国产的金笔尖，只要装上配有金色墨水的笔杆，金色的文字就会从笔尖流淌而出，真可算是一种乐趣。但我更多会将它用于绘画。我感激地把那只"金鼻子的小章鱼"装进了口袋，继续去往下一家商店。我得拖着艰难的步伐，去到眼镜店里，告诉店主，新的老花眼镜完全不适用，他需要重新做一副。在女友的保护下，再加上经过前两次的成功获得的信心，我坚定地踏进了这个满是玻璃的地方，好心的店主听了我的诉求，收回了眼镜。我却从来没想过，如果换作是我，可能并不愿意。

§

从三家令人生畏的商店凯旋，与女友在冬日清新的微风里漫步，成功地将三个原本令我不知所措的包裹换成令我心满意足的礼物，这些足以让我内心充满了欢乐和感激的情绪。在调换手套的时候，我还得到了一个袖珍小镜子，可以把它送给陪伴我的女友。

回家后，我非常高兴，既无心工作，也无心处理过去几天积压的未读信件。我记起了童年时代，还有圣诞节过后的那些日子，回忆起每次清晨醒来或者回到家中都能拿到新礼物的美妙感觉。有一次，我收到了一把小提琴，甚至兴奋到半夜三更爬起来演奏它，感受它，轻轻地拨动琴弦。还有一次，我收到了一本《堂吉诃德》，于是每一次散步、每一次教堂礼拜，甚至每一顿饭都变成了我愉快的阅读之路上的阻碍。

这一次，我没有收到足以让我兴奋的礼物。对老人来说，已经没有东西像小提琴、书籍、玩具、溜冰鞋一样拥有当初的那种魅力和魔力了。倒是有三盒上好的雪茄，让人略感欣慰，还有一些葡萄酒和白兰地，我可以借此打发夜晚的时光。新笔尖非常漂亮，但不会在记忆里留下深刻的印记，更无法让我沉浸在拥有它的喜悦里。

然而，有一件物品，一份礼物，却充满了节日气氛，它如此特别，令人着迷。在安静的时候拿出来，欣喜地观察它，你就会爱上。我拿着它，坐在窗前。这是一只装在玻璃里的美丽蝴蝶，充满异国情调。它从马达加斯加飞来，有一个美丽的名字，叫乌拉尼娅。这只体态优美的蝴蝶有一对帆船般有力的翅膀，下翼边缘有大量的锯齿，它轻巧地栖息在树枝上；躯干的上半部分布满了绿色和黑色相间的条纹，下半部分则覆盖着锈红色的绒毛，小脑袋闪着金绿色的光芒；上翼装饰着绿色和黑色的花纹；虽然翅膀的正面呈现出一种绚丽、温暖、金光闪闪的绿色，但背面却呈现出一种冷静而精致、透着银白色色泽的维罗纳绿，晶莹的翼肋在其间闪动着高贵的光芒。然而，下翼，也就是那些长着奇特锯齿的翅膀，除了绿色和黑色花纹外，还有一大片发光的深金色，在灯光的照射下，会变成赤铜色，甚至猩红色，夹杂着奇特的深黑色斑点纹；下翼最底部就像女士的裙摆，修饰着金色和黑色混杂的又细又短的皮毛。除此之外，下翼还有一个特征：一条梦幻的"之"字形短线条贯穿了整片翅膀，这条纯白色的线条在某种程度上解放了翅膀，将它变成了一场空气和金色粉尘之间的任性的游戏，看似想要用力将那些梦幻的锯齿像光线一样从自己身上弹开。镇上无论哪张圣诞餐桌上都不可能找到比这只马达加斯加蝴蝶，比这个绿色、黑色和金色组成的空灵的非洲之梦更绚丽、更神秘、更可爱的东西了。回到它身边是一种快乐，沉浸在由它构成的这片景象中更是一场庆典。

　　我曾长时间地弯腰坐在这个来自马达加斯加的异乡人旁边，任由自己被他吸引。他使我记起了很多往事，给了我很多启示，向我讲述了很多故事。他是一则关于美和幸福的寓言，也是一则关于艺术的寓言。他的形式便是直面死亡获得的胜利，他的色彩变幻是超越短暂性时的一抹独一无二、光芒四射的微笑。这只玻璃下的蝴蝶标本，是有无数内涵的微笑，有时天真，有时古老而睿智，有时是好战的高歌，有时是痛苦的嘲笑——美总是如此微笑着，一切生命形式也是如此微笑着，生命似乎已经凝结于一个期限。永恒流动的美化为形式，无论是花还是动物，无论是埃及人的头颅还是天才的死亡面具。这是自负而永恒的微笑，当人在其中迷失自我时，便会忽然变得充满野性。它是美丽的，也是残酷的，它是温柔的，也是危险的，充满了最高的理性，也充满了最原始的疯狂。

在每一个生命成形的地方，都存在着截然相反的对立面。再崇高的音乐也会在某些时候像孩子的微笑一样影响我们，也会在某些时候像死亡中最深沉的悲伤一样影响我们。美就是这样，总是无处不在：就如同一个美丽的镜面，下面潜藏着混乱。幸福就是这样，总是无处不在：一个心醉神迷的时刻，却在光芒四射中消退，被死亡的气息带走。高超的艺术就是这样，被选中者智慧超群，总是无处不在：微笑面对深渊，坦然面对痛苦，在对立面的永恒的死亡斗争中寻找和谐。流动的紫色在金色的光泽中显得异常甜美，黑绿色花纹紧紧地贴着翅膀，穿过翼肋，细长的彩色尖角指向了它们的光箭。你，亲爱的客人，令人愉快的异乡人！你是特地从马达加斯加飞来这里的吗？你是专门飞到这里，用色彩鲜艳的美梦来为我填满冬夜的吗？你是否特地从永恒母亲的伟大画像中逃离，向我唱起关于对立统一的古老智慧之歌，教会我原已知晓却又常常忘记的东西？是否有一双充满耐心的手特意把你做成标本，粘在树枝上，以取悦一个病人来度过孤独的时光，用你无声的梦想抚慰他？他们是否把你杀死后放置在玻璃下面，用你不朽的痛苦和死亡安慰我们，是否就像那些伟大的受难者、真正的艺术家一样，用他们不朽的痛苦和死亡带给我们爱和慰藉，而不是用绝望掏空我们的灵魂？

　　傍晚的光线在闪闪发光的金色翅膀上显得更加苍白，慢慢地，泛红的金色消失了，很快，整个魔法被黑暗吞没，再也看不见了。但永恒的游戏还在继续，这是勇敢的艺术家为美的持续所玩的游戏——在我的灵魂中，歌声在继续，在我的思想中，色彩的光芒充满生机地闪动着。这只可怜而美丽的蝴蝶在马达加斯加的死并非毫无意义；那双小心翼翼将它如此整齐地制成标本，并使它的翅膀、触角和毛发不朽的手所做的努力，也不是徒劳的。这只涂满防腐剂的小法老会一直向我讲述它的阳光王国，直到我们双双腐烂。它幸福的游戏和睿智的微笑仍然会在某个灵魂里绽放，并将继续流传下去，就像图坦卡蒙的金子今天仍在闪耀，救世主的血今天仍在流淌一样。

（1927）

§ 冬日

啊，今天的阳光多美，
它在雪中逐渐消逝，
啊，玫瑰色的远方在温柔地闪耀！——
但不是，它并非夏天。

你——我的歌声每时每刻都在向你诉说，
遥远的姑娘，
啊，你对我的友情在温柔地闪耀！——
但不是，它并非爱。

友情的月光会长久照耀，
我会长久地站在雪地里，
直到你和天空、高山及湖泊
在爱的夏日之火中深情燃烧。

§

冰上骑士

那时，我眼中的世界还和现在不同。十二岁半的我，还依然沉浸在丰沛、色彩斑斓、充满少年欢愉和幻想的世界里。现在，一种属于青春的、更柔和、更真挚的蓝色正在我惊惶的灵魂里破晓，羞涩却充满渴望。

那是一个漫长而严酷的冬天，美丽的黑森林里，河流冰封了几个星期。我无法忘记在第一个严寒的早晨踏进河里时那种奇特、令人毛骨悚然的感觉，因为河水很深，冰层非常清晰，就像透过脚下一块细薄的玻璃，你可以看到泛绿的河水、布满石块和泥沙的河底、相互纠缠的奇异水草，有时还能看见鱼黑色的脊背。

我和同伴们在冰面上足足滑了半天，脸颊滚烫，双手发青，心脏因为强烈的运动而变得充满活力，充满了少年时代那种漫不经心的美妙感受。我们练习冲刺、跳跃，躲避着，追逐着，我们当中有些人还穿着老式溜冰鞋，那是用绳子将骨制冰刀绑在靴子上的一种鞋子，虽然如此，他们可不是差劲的滑冰者。我们当中有一个人，是制造商的儿子，他有一双"哈利法克斯"产的滑冰鞋，这种鞋子不需要绑绳子或带子，在两分钟内就可以穿上或者脱下。从那时起，直到很多年后，"哈利法克斯"就一直留在了我的圣诞愿望清单上，虽然愿望始终未能成真。十二年后的某一次，我想购置一双考究的滑冰鞋，就去商店询问有没有"哈利法克斯"，得到的回答令我痛苦，它瞬间摧毁了我童年时代的梦想和信念，因为店员微笑着向我担保，"哈利法克斯"属于旧时代，早就不是最好的了。

我常常喜欢独自一人滑到夜幕降临。我在高速滑行中练习在任意时刻都能从最快的速度刹停，或者在极速中转向，我享受在美丽的弧线中保持平衡的快感。我的许多同伴利用冰上的时间追逐女孩，向她们求爱。对我来说，女孩们似乎不存在。他们大献殷勤，有些羞涩又充满渴求地围着女孩打转，有些则大胆、轻松地领着女孩成双入对，此时我却独自享受着滑行给我带来的自由、快乐。对于那些"领女孩滑冰的人"，我只能报以怜悯和嘲笑。因为从朋友的忏悔中，我了解到这些充满骑士风度的举动是多么令人质疑。

就在冬天快要结束的时候，有一天我听到一则学生间流传的新闻，说新来的学生，那个北方小鬼，最近在滑冰场上吻了艾玛·梅尔。这个消息顿时让我热血上涌。吻了她！这当然和通常被奉为最大幸福的无聊闲谈和腼腆的牵手有了本质的不同。吻了她！它是一种来自秘密的、羞涩的陌生世界的声音，散发着禁果的香味，包含着秘密、诗意、不可名状的东西，属于幽暗而甜蜜、可怕而诱人的领域，我们意识到它的存在，却绝口不谈。那个北方小鬼是一个十四岁的汉堡男孩，他是怎么来到我们这里的，只有上帝知道。我非常崇拜他，他在学校外面的盛名常常扰得我无法入睡。而艾玛·梅尔无疑是格贝绍最漂亮的女学生，她金发、伶俐、骄傲，年纪和我差不多大。

从那天起，我的脑海里充满了计划与忧虑。想要亲吻女孩的念头超过了我以前所有的愿望，不单单因其本身，也因为这无疑是被校规所禁止和反对的。我很快就意识到，唯一的机会便是去滑冰场上大献殷勤。我首先要做的就是尽量让自己的外表更体面一些。我花了很多时间和精力打理发型，小心翼翼地保持衣服的清洁，雅致地将皮帽斜戴在前额上，并且向我的姐妹们要了一条玫瑰色的丝绸围巾。接着，我开始在滑冰场上彬彬有礼地问候那些可能遇到问题、需要效劳的女孩，我这种不寻常的殷勤表现虽然令女孩们感到惊讶，但毕竟还是被她们注意到了。

第一次尝试总是比较难的，因为在生活中，我还没有和哪个女孩"确定过关系"。我试着仔细观察朋友们在这个严肃仪式上的做法。有些人只是鞠躬、伸手，有些人则结结巴巴地说着一些听不懂的话，但大多数人都会用到一句优雅的短语："我有这个荣幸邀请您吗？"这句话给我留下了深刻的印象，我在家对着炉子鞠躬，庄严地对它说出这句话作为练习。

迈出艰难的第一步的日子到了。实际上我昨天就已经有了求爱的念头，但最终因为没有胆量而沮丧地回家了。今天，我下定决心完成这桩我既害怕又渴望的事情。我的心怦怦直跳，像个罪犯一样害怕得要死，我去了滑冰场，穿滑冰鞋的时候双手都在发抖。然后我一头扎进人群，迈着大步，滑出一道长长的弧线，脸上尽力保持着我一贯的从容和自信。我两次都以最快的速度跑完了滑道，凛冽的空气和剧烈的运动使我感觉舒服极了。

突然，就在桥下，我猛地撞到了一个人，惊恐之余我踉踉跄跄地倒在一边。美丽的艾玛此刻坐在冰面上，显然强忍着痛苦，正责备地看着我。世界在我眼前旋转。

"扶我起来！"她对女友们说道。我摘下帽子，满脸通红，跪在她身边，帮她站起来。

我们面面相觑，惊慌失措，谁也没说一句话。以这种奇怪的方式近距离看到她美丽的肌肤、脸庞和头发，让我感到眩晕。我想要道歉，但没能说出口，手里仍紧紧攥着帽子。突然，我的眼前一片模糊，我机械地鞠了一躬，结结巴巴地说道："我有这个荣幸邀请您吗？"

她没回答，但用她纤细的手指握住我的手，跟我走了。隔着手套我都能感受到她的体温。我觉得自己仿佛置身于一个奇妙的梦境。一种混杂了幸福、羞愧、温暖、喜悦和尴尬的感觉几乎使我窒息。我们一起走了大约一刻钟，最后在停车场停了下来，她轻轻松开小手，说了声"谢谢"，然后独自坐车走了。而我却动作迟缓地摘下皮帽，久久地站在原地。后来我才想起来，在整个过程中她始终没有说一句话。

冰融化了，我无法再做新的尝试。这是我的第一次爱情冒险。直到多年以后，我的梦想才得以实现，我亲吻了一个女孩的红唇。

（1901）

§

糟糕的时代

现在我们沉默了，

不再歌唱，

步履沉重；

这就是即将降临的夜。

将你的手交给我，

也许我们的路依旧宽阔。

下雪了，下雪了！

他乡的冬天真严酷。

那些时日去了哪儿？

那时我们还曾掌起灯，生起炉火？

将你的手交给我，

也许我们的路依旧宽阔。

§

冬1914

目之所及满是悲伤和黑暗，

雪飘落在千万座坟墓上，
用它绝望的盾牌静静地
覆盖了满是鲜血的原野。

但我们会凝望着春天，
建造一个纯净的未来，
让大雪掩埋下的亲人
不会白白为我们流下鲜血。

§

狼

　　法国山区还未曾有过如此严寒而漫长的冬天。数星期以来，空气清新却淡漠而寒冷。白天，倾斜、广阔的雪原在明亮而蔚蓝的天空下呈现出暗淡的白色，一望无际；夜晚，月亮从雪原上掠过，清晰却渺小，这是一轮散发着黄色光芒的冰冻之月，强烈的月光铺洒在积雪上，变成了低沉的蓝色，使得积雪看起来像真正的冰冻一样。村民们避开了所有的道路，特别是那些地势较高的地方，坐在木屋里无精打采地发着牢骚，在夜晚蓝色月光的映衬下，红色的窗户里雾气缭

绕，但灯火很快便熄灭了。

对于当地的动物来说，这是一个困难时期。大量体形较小的动物被冻死，鸟类也屈服于霜冻，枯瘦的尸体成了鹰和狼的猎物。但它们也同样深受霜冻和饥饿之苦。因此只有少量的狼群留居在这里，困境使它们团结得更加紧密。白天，它们独自出去，在雪地上到处游荡。瘦弱、饥饿、警惕，像幽灵一样沉默和胆怯。细长的影子跟随着身体滑过雪面。它们把尖尖的鼻子探向风中，偶尔发出一声干巴巴、痛苦的嗥叫。然而，到了夜晚，它们就会集体出动，嘶哑地叫着，拥挤在村庄周围。牛和家禽都被妥善地防护起来，猎枪就架在百叶窗后面。除了狗，它们极少能从这里获取别的猎物，而且狼群之中，已经有两头被射杀了。

霜冻仍在继续，狼群常常安静地躺着，互相依偎取暖，不安地倾听着这片几乎死寂的荒野，直到其中一头不堪忍受饥饿的残酷折磨，忽然一跃而起，发出可怕的怒吼。其余的狼便扭头对着它，颤抖着，同样发出可怕、充满威胁的哀嚎。

后来，狼群中的一小部分决心迁徙。它们一早就离开了洞穴，聚在一起，兴奋而恐慌地嗅着冰冷的空气，然后便整齐地飞奔而去。留在洞穴里的狼群望着它们，眼神空洞而呆滞，尾随着跑了一小段，最终还是犹豫不决、不知所措地停下脚步，返回空荡荡的洞穴。

§

　　中午时分，迁徙的狼群也一分为二，其中三头转向东面的瑞士汝拉山脉，其余的继续向南。这三头原本美丽、强壮的动物，现在却消瘦得可怕。萎缩的浅色腹部像腰带一样细，胸部的肋骨可怜地凸起着，嘴巴干燥，巨大的眼睛空洞而绝望。深入汝拉山脉的三头狼，第二天捕获了一头羊，第三天捕获了一条狗和一匹小马驹，因此遭到了当地人从四面八方发起的愤恨的围捕。对这些不寻常的入侵者的恐惧，在这片城市和村庄密集的地区蔓延着。邮政雪橇也被全副武装，在不配备枪支的情况下，没人可以在村庄之间走动。在这片陌生的地区，有这么好的猎物，这三只动物既感到惶恐，又感到幸福。它们变得比之前莽撞，居然在白天闯进了农场的马厩。这个狭小的空间里顿时充斥着奶牛的吼叫、木头的碎裂声、蹄子的践踏声和剧烈的喘息声。终于，有人悬赏要把它们赶尽杀绝，这让农民们勇气倍增。他们杀死了其中两头，一头被猎枪射穿了脖子，另一头被斧头砍死。第三头逃脱了，一直跑，直到半死不活地倒在雪地里。它是狼群中最年轻、最漂亮的，是一头身形强壮而灵活的高傲的狼。它气喘吁吁地躺了很久。血红的圆圈在它眼前旋转，它不时发出尖锐而痛苦的呻吟。一把斧头飞来，击中了它的背部。但是它恢复了体力，重新站了起来。直到此刻，它才看清自己走了多远。周围既没有房舍，也没有了人类的踪影。矗立在它面前的是一座雪白的高山。那是查瑟拉尔山。它决定绕过它。每当口渴折磨它的时候，它就小口小口地舔食雪地表面坚硬的冰冻。它很快来到了山另一头的村庄。时间已接近黄昏，它在一片茂密的冷杉林里等待着，然后循着马厩散发出来的温暖气味小心翼翼地绕过了花园的栅栏。路上一个人都没有。它眯着眼睛，惊恐而贪婪地在房舍间扫视。忽然，一声枪响。当第二声枪声响起时，它抬起头，大步跑开了。它被击中了。雪白的腹部沾满了鲜血，黏稠的血一滴滴流下来。尽管如此，它还是大步跳跃着跑到了森林里。有那么一刻，它停下来仔细倾听，两边传来了叫喊声和脚步声。它惊恐地朝山上望去。山很陡峭，而且树木茂盛，很难攀登。但它没有其他选择。它喘着粗气爬上了陡峭的悬崖，在它下方，咒骂声、命令声和灯笼发出的亮光沿着山势蔓延开来。受伤的狼颤抖着爬过半明半暗的冷杉林，棕色的血液从它的身体里缓缓地滴淌下来。

寒冷的感觉缓解了。西方的天空阴沉、朦胧，像是会有一场降雪。

最后，这只筋疲力尽的动物终于到达了山顶。它站立在一片稍稍倾斜的宽阔雪地上，靠近克罗辛山，远眺着它从中逃走的那个村庄。它不再感觉到饥饿，只有伤口处模糊的疼痛感将它牢牢攫住。一声低沉、痛苦的嗥叫从它低垂的嘴里发出，它的心跳沉重而痛苦，它感到死亡之手像一个无法形容的重担压在身上。

一棵孤零零、枝丫茂密的冷杉吸引了它的注意。它坐了下来，茫然地注视着灰茫茫的雪夜。半个小时过去了。一道暗淡的红光落在了雪地上，奇异而柔和。狼呻吟着立起身来，把美丽的头转向那道光。原来是月亮，巨大而血红的月亮在东南方向，正在晦暗的天空中慢慢升起。已经好几个星期没有出现如此血红和巨大的月亮了。垂死的动物眼神悲哀地注视着虚弱无力的月轮，一声微弱而痛苦的哀嚎再次在黑夜中响起。

灯光和脚步声紧跟而来。穿着厚重大衣的农民、猎人和戴着毛皮帽子、穿着笨重绑腿的男孩脚步沉重地穿过积雪。欢呼声响起。他们发现了这只奄奄一息的狼，向它开了两枪，但都打偏了。他们看到它已经快死了，就拿棍棒砸向它。其实它已经没有了知觉。

他们将它残缺不全的躯体拖到了圣伊默。他们欢笑着、吹嘘着，期待杜松子酒和咖啡的款待，他们唱歌、咒骂。没有人看见积雪覆盖下森林的美丽，也没有人看见高原的壮丽，更没有人看见高悬在查瑟拉尔山上空的红月，它微弱的光芒在他们的枪管、雪晶和狼破碎的瞳孔里折射着。

（1903）

§

荒原狼

我这只荒原狼跑啊跑，
积雪覆盖了整个世界，
乌鸦飞离了白桦树林，
到处没有兔，也没有鹿！
我喜爱鹿，
要是能寻到一只该多好啊！

我会用牙齿咬住，用爪抓住，

这是世上最美好的事情。

我会发自内心地好好对待我的爱人，

我会紧紧咬住它柔软的后腿，

用它的鲜红血液把自己灌饱，

待到夜晚再孤独地嚎叫。

一只兔子就可以使我满足，

它温暖的肉体在夜晚特别甜美——

难道所有使生活变得稍显愉快的东西

都已经与我决裂？

我的尾巴上的毛发已经灰白，

老眼昏花，

我的爱妻几年前就已去世。

现在我跑啊跑，渴望抓到鹿，

跑啊跑，渴望抓到兔，

听冬夜的风吹着，

用雪水滋润我灼热的喉咙，

将我可怜的灵魂交给魔鬼。

§

冬日里的南方来信

亲爱的柏林友人：

是的，到了夏天，这里就是另一番景象了。当你们住着卢加诺考究的酒店，挤坐在湖边梧桐树下的树荫里，忧伤地惦念着奥斯坦德的时候，我们却正从背包里取出小块面包，享受着灿烂的夏天。但那些光辉灿烂的日子是多么短暂啊，转瞬即逝！

即便是现在，这里仍有充足的阳光，用她的温暖款待我们。这是十二月的最后一天，上午十一点，我在森林背风的一角，在干枯的落叶间，写下了这些文字。我迎着太阳舒展自己的身体。太阳会一直持续到下午三点，甚至四点，随后天气转冷，山峦会变成紫色，天空则变成冬天特有的稀薄和明亮的样子，人们必须往壁炉里添上木柴来抵御严寒，在剩下的时间里窝在壁炉前一平方米范围内。人们也开始早睡晚起。但在阳光明媚的日子里，中午的时光依旧是属于我们的，太阳为我们带来了温暖，我们躺在草地或者树叶上，聆听冬天发出的沙沙声，看着融化的雪水从附近的山上流淌下来，有时在石楠花和枯萎的栗子叶间还能发现一点生命的迹象，或是一条萎靡的小蛇，或是一只刺猬。有时候还能在树下找到残留的栗子，我们会把它们带回家，晚上放进壁炉里。

那些夏天还在为奥斯坦德忧心忡忡的投机商，现在似乎过得相当不错。属于我们的时代已经翻页，现在占据上风的变成了他们。最近我被邀请去一家大酒店就餐，所以也就有机会一窥究竟。

总之，我来到了大酒店。这里富丽堂皇。我穿上了最好的衣服，房东太太在前一天已经特地用蓝色的羊毛毛线帮我补好了膝盖上的窟窿。我看起来还不错，实际上门房很痛快地放我进去了。穿过安静的双扇玻璃门，我来到了一个巨大的厅堂，就像进入了一间豪华的水族馆，里面有皮革和天鹅绒制成的庄重的深色扶手椅，房间里开了暖气，舒适温暖，给人一种踏入锡兰草坪花园的感觉。四下望去，衣着光鲜的投机商和他们的夫人端坐在扶手椅上。他们在做什么？维系欧洲文化。事实上，在这里，文化依旧近在咫尺，那个已经被摧毁，曾经以俱乐部椅、进口雪茄、恭顺的服务生、暖烘烘的斗室、棕榈树、熨得笔挺的裤管和衣领，甚至还有单片眼镜为代表的令人痛惜的文化传统，还残存于此。重逢的激动让我热泪盈眶。投机商微笑地看着我；他们已经学会了如何对待我们。在他们看我的表情里，掺杂了笑意和些许的轻蔑、谨慎、礼貌和关切，甚至认可。我记得从前在哪里见过这种奇怪的表情。没错，我想起来了。那是在战争时期的德国，那是战胜者看待战败者的眼神，也是商人看待受伤士兵的眼神。它似乎在说"这些可怜的魔鬼"，同时又说"你们真是英雄"。他们感到优越的同时，也感到羞愧。

我带着战败者的那种轻松和无愧的心情，观察这些投机商。他们穿得漂亮极了，尤其是那些女士。我想到了逝去的时代，想到了1914年以前，那时我们都把这种优雅、富足的状态看作是理所当然和唯一值得追求的东西。

主人还没现身，我走近其中一个投机商，和他攀谈起来。

"您好，商人先生，"我说，"近来可好？"

"啊，还不错，只是时常感到生活空洞无聊。我倒羡慕您膝盖上的蓝色补丁。它使您看起来不像是一个会觉得无聊的人。"

"完全正确，我有很多事情要做，所以时间过得很快。每个人都有自己的角色。"

"您这是什么意思？"

"这么说吧，我是劳动者，而您是商人。我负责生产劳作，而您负责电话推销。后者赚的更多，但生产劳作收获的乐趣却要更大。写诗或者画画是一种乐趣；您知道吗，拿它们去赚钱可算是一种无耻的行为。您的工作是将商品以双倍的价格售卖，这显然无法给人带来快乐。"

"啊，您啊！您说这些话是在嘲笑我。您得承认，您忌妒我们，您的裤子上还打着补丁呢！"

"当然，"我说，"常常忌妒。我饿着肚子，却看到你们坐在橱窗后面吃着馅饼的时候，就会忌妒，我可爱吃馅饼了。但是您看，吃饭带来的快乐是短暂的，它稍纵即逝。从根本上说，漂亮的衣服、戒指、胸针或者裤子带来的快乐都一样短暂！穿上漂亮的新衣服是很开心，但总不会让您一整天都对它念念不忘、让您一整天都高兴吧，我表示怀疑。一天当中，你们关注折痕和漂亮纽扣的时间，也不比我关注膝盖上的补丁的时间多，不是吗？那么你们从中获得了什么？不过，暖气倒是令人羡慕的。但是话说回来，即使是在冬天，只有阳光明媚，据我所知，在蒙塔诺拉附近的两座山崖之间就有一片区域，和酒店一样温暖，静谧、无风，有好友陪伴，无须花钱，而且经常可以在树叶下找到栗子吃。"

"嗯，也许是这样。但您想过这样的生活吗？"

"我就是过着这样的生活，生产劳作，无论多么微不足道，都为世界贡献自己的价值。比如水彩画，我还不知道有谁能画得比我更漂亮的。你只要花一点点钱就能从我手里买到诗稿，上面还装饰了我自己的水彩画。如果您足够精明，就会愿意买的，等我来年去世，它们就会价值三倍。"

我的玩笑让投机商紧张起来，以为我是向他要钱，于是心神不宁地干咳起来，猛地发现大厅对面有一个熟人，便告辞了。

亲爱的柏林友人，我现在正在和主人享用午餐，请允许我不再赘述了！饭厅里闪耀着白色玻璃的光泽，服务周到，食物美味，美酒妙不可言！看着投机商吃饭，我深感触动。他们注重姿态，遵循着良好的餐桌礼仪，吃着精致的点心，脸上带着严肃尽责的神情，但在不经意间却会流露出一丝轻蔑。他们从老勃艮第酒瓶里倒出佳酿，表情从容却略带痛苦，好像在喝药一样。我看着他们，献上由衷的祝福。我还拿了一小块面包和一个苹果放入口袋当作晚饭。

你们问我为什么不去柏林？是啊，那应该挺有趣的。但实际上，我更喜欢住在这里，请原谅我的任性。不，我不愿去柏林，也不愿去慕尼黑，对我来说，无论在哪里，夜晚的山脉都不够美丽，何况我会想念这里的点点滴滴。

（1919）

§

十二月

无论你有多少烦恼，
你的儿女又知道多少呢？
抛开那些使你心情压抑的事情，
为他们准备一个丰富多彩的圣诞吧，
这样救世主也会
居住在你的心中。

§

一月

就像田地里纯净的白雪，
新的一年正在孕育，
那些新的事物
早已播下生长的种子。

§

二月

如果你有只公猫，
夜晚它会在阁楼上歌唱；
如果你有只母猫，
很快它就会给你生一窝小猫。

§

提契诺的冬天

自从森林变得稀疏，
世界变了模样，

这里变宽，那里变窄，
一切焕然一新，苍白透亮！

山峦披上了紫色的面纱，
远处的积雪闪耀着玻璃般的光泽；
线条自由飞舞，
湖面宽阔，触手可及。

在南坡的峡谷里，
温暖的阳光，轻柔的风，
还有大地的呼与吸之间，
已经充满了春天的气息。

§
冬日里的园亭

哈德良神庙的曾孙，
美第奇别墅的非法继承人，
粉饰着一丝凡尔赛宫的记忆，
你微笑着，
你的楼梯、柱子、花瓶和螺旋形的装饰

在粗野的海滩上显得如此突兀。

你凝视这个国度，却不属于这里，

你散发出迷人

却并非属于你自身的魅力；

四周的雪

透过无数窗玻璃冷漠地向里张望。

你就像一个可怜的女孩

穿着借来的华服，驻足在大城市

街头，露出略带疲惫的笑容

却不及表面那般美丽，

也不及伪装的那般富有，

更不及她多彩的面具那般快乐。

你也一样；些许讥讽

和些许同情会给予你答案。

四周的雪

透过无数窗玻璃陌生而冷漠地向里张望。

§

音乐会

小提琴悠扬柔和，

圆号深沉悲鸣，
女士的衣饰闪耀着绚丽多彩的光芒，
灯光在头顶闪烁。

我默默地闭上眼睛：
我看见雪地里有一棵树
兀自伫立着，拥有它想要的一切，
属于自己的幸福，属于自己的痛苦。

我不安地离开大厅，
喧闹在身后逐渐消失，
一半欢乐，一半苦涩——
摇摆不定。

我在雪中寻找我的树，
我想要它所拥有的一切，
属于我的幸福，属于我的痛苦，
让灵魂富足。

§

尽管南方阳光灿烂，但随着年岁的增长，我还是很难忍受这里的冬天。这里的雨季令人压抑；在通货膨胀时期的四个冰冷的冬天，我就坐在壁炉微弱的火光前，健康受到了永久的损害。从那时起，只要钱包允许，我就去别的地方过冬，不是去观赏美景，因为没有地方比这里更美了；也不是去寻求变化，因为无聊是市民的发明，大自然并不了解——我跑去温暖的浴场，去城市旅行，那里门窗紧闭，有温暖的木地板，熊熊的炉火，也有医生和按摩师，在他们的帮助下忍受住了冬天的痛苦，我才能拥抱美好：拜访朋友，聆听动人的音乐，参观图书馆和画廊。

之后我住在城里，尽管难找，但还是有各种各样的人找上门来，有被埋没的画家，带着充满伟大构思的画集；有自信满满的年轻语言学学者，想要写关于我的博士论文：他们将我和我三十年来为之工作的一切撕成了碎片，却因此收获了学院的博士帽，扣在他们聪明的脑袋上；还有醉醺醺的流浪艺术家，他们善于讲故事，总之比那些"上流社会"更富于创造力；还有神经古怪的人、偏执的天才、宗教创始人、魔术师。直到最近，可亲却可怜的诗人克拉邦德时时来访，带着满脑子的故事和好奇心，他长着一张稚嫩的、总是显得红扑扑的脸蛋。有时候出现的是总是匆匆忙忙地待上几个小时、不带行李、搞错火车班次的金发仙女埃米·亨宁斯。过去，瘦削的汉斯·莫根塔勒有时也会露面，他话不多，喜欢咯咯地笑，有时会从口袋里掏出写满绝望的诗作——他今年死于绝症。对他们来说，我就像他们的伯父，我们彼此喜爱。他们惊讶地发现，我虽然生活在市民中间，却同时属于他们的世界；他们不完全把我当作他们的一分子，而将我列入无家可归者的行列，他们知道，我不仅热爱莫扎特和佛罗伦萨的玛丽亚，也同样爱脱离世俗轨道、招人猎杀的草原狼。我们交换诗歌和画作，互相提供编辑部的地址，相互借阅书籍，一起畅饮。有时我很想去某个美丽而充满求知欲的城市旅行，每年一次，有足够的旅费对付开销，由行家带领我穿越城市，参观古迹和景点。而作为回报，我可以勉为其难地花一个晚上的时间，在某个不太舒适的厅堂里向陌生人朗读我的诗作，而每次我都会怀着这样的心情："这是最后一次了！"

（摘自《秋天来临时》，1928）

§

事情永远会和你设想的不同。多年来，我一直在努力使我的森林生活与他们所谓的柏林文化协调一致，我已经在城市里度过了若干个冬天，在苏黎世也有了一套公寓，偶尔还会冒险去斯图加特、法兰克福和慕尼黑，甚至还常常认真地考虑是不是隐埋姓名偷偷对柏林做个短暂的访问，目的仅是想看看我对这个大都市的想法是否真的像人们每天告诉我的那样迂腐和愚蠢。而现在，我不是坐在柏林，而是坐在海拔一千八百八十米高的格劳宾登山区，在阿罗萨，出于对我健康的考虑，朋友们把我送到了这里。不过，我患的不是肺病，请不要把医生的地址寄给我，也不要把医用的草药茶样品寄给我，我缺少的并不是这些。

他们把我送进这片冰天雪地里，不是想暂时摆脱我，而是觉得，我缺少的是山上纯净、冷冽的空气，而非火车站、书房、舞厅的凝重氛围，将我包围的理应是山上的阳光、白雪和星空。这样我才可能恢复。现在我来到了阿罗萨，十多年来第一次回归山区。白雪代替了大都市，冷杉林和焚风风暴代替了城市文化，格劳宾登代替了柏林——我在与自己意愿相悖的情况下被带到了这里。而且，一如既往，事实证明我每次都得到了极好的指引，这次也一样，在某个计划完全失败的情况下，计划的一部分却在不经意间实现了。虽然我身处高山，却感受到了柏林和柏林的空气，哪怕只有一个晚上，也有几个小时可以预习如何去适应大城市的生活。

（摘自《冬季假日》，1928）

§

我的妻子，她酷爱登山。圣诞节时，她送了我一副滑雪板，迫使我踏上旅程。这当然是一个陷阱；因为我原本天真地认为，滑雪只需要这样一副木板，结果吃尽苦头。实际上不单单是滑雪板和去格劳宾登的机票，你还需要滑雪靴、滑雪裤、滑雪帽、滑雪镜、山羊毛袜子等各种东西，所有这些加在一起需要花很多钱。而我妻子也需要这些东西，因此她的礼物送得并不算差。

（摘自《冬季信件》，1911）

§

滑雪飞驰

站在高坡上准备好滑行，
我倚着滑雪杖休息片刻，
辽阔的世界展现在眼前。
蓝白色的光芒使我目眩，
只见山脊静默、连绵不断，
山峦孤寂而冰冷；
我向下滑行，消失在光辉中，
穿过一个又一个的山谷，
沿着预期的道路急速下降。
我被孤独和寂静所震撼，
停留了片刻，
然后沿着倾斜的峭壁
气喘吁吁地向着山谷飞驰而下。

§

人们在达沃斯开展的冬季运动时尚而令人印象深刻。你会看到各年龄段出类拔萃的人物熟练地变换着他们的身姿。滑冰场很宽敞，冰面像玻璃一样又脆又硬。周围的区域就像人工建造的一样，适合滑雪旅游，雪橇道也是我见过最好的。敏感的旅行者却很难长时间忍受这种国际化运动场所的氛围，于是几个小时后我也就乐得坐上山地雪橇，回修道院去了。

我从来没有经历过比这更美妙的雪橇旅行。在精心铺设的足够陡峭的道路上滑行，快速、轻巧，不会过度疲劳，我滑行着，倚靠在低矮的雪橇上，几乎是平躺着穿过了森林，与广阔的美景擦肩而过，时而注视着道路，时而让目光停留在纯净的高空。雪橇扬起了细小的雪尘，掠过了我的脸颊，清凉而微微有些刺痛。在路上，我追上了一辆连橇，那是一种长长的运动雪橇，上面有五个骑手。雪橇翻倒后完全损坏了，五个骑手站在一旁，揉着疼痛的四肢，慌忙中我差点和他们发生二次碰撞。

花一个半小时爬到山顶，用雪橇却只需要十分钟就能滑到山脚。在冬季白茫茫的山区飞驰而过，置身于千米之上的世界，人们会忘却该忘记的一切，往山谷疾驰，从山顶耀眼的光辉和高海拔温暖的阳光中，冲进死寂的肃穆和寒冷。山，伟大的安慰者，它的精神会与我们同行——

很多次，当我心中苦闷的时候，

他陪我静静地走在冰川的小路上，

用他冰凉的手慈祥地

抚摸着我的额头，直至我找到平静。

（摘自《格劳宾登的冬日》，1906）

§

高山上的冬季

Ⅰ 登高

四周都是积雪和冰川，

陡峭的山脉峭壁紧挨，

它们的后方是厚厚的积雪覆盖下

梦幻般辽阔和洁白的高原。

我一脚一脚慢悠悠地

踩在岩石和雪地上，

徒步走向冰川，

嘴里斜叼着我的短烟斗。

也许在那，远离尘世的地方，
在冰与月的蓝光中，
栖居着我所缺失的甜美的宁静、
安睡和遗忘。

Ⅱ 山中精灵

强大的山中精灵伸出洁白的手
盖住了群山。
他的脸庞光芒闪耀，
我却不惧怕他，他不会伤害到我。
我在黑色的深谷感受过他，
在高高的山峰上，我抚摸过他的长袍。
我常常将他从沉睡中唤醒，
在死亡与生命之间嬉戏。
当我内心痛苦的时候，
他会陪我沿着冰川小径静静同行，
用他冰凉的手
抚摸我的额头，直到我恢复平静。

III 格林德尔森林

许多幸福的夜晚已经从我身边流逝，
但我从未见过像今夜这样的星辰。
山峰陡峭，岩石嶙峋，
微弱的光芒在雪峰之间闪烁。
美妙的梦境在它们上方延展，
清澈的天空近在咫尺，星光璀璨。
在星光下，一幅幅图案
寂静而温柔地排列成一组幸福的轮舞。
一片巨大的宁静守护着她的花冠，
使我的灵魂充满了冷静的光芒。
远去的生活，也是如此，
只留下被遗忘了一半的昨日。

IV 雪橇之旅

风雪突然从前方袭来，
雪橇在快速奔跑中嘎吱作响，
对面云雾缭绕的艾格山
伸出苍白的尖顶。

一种冷静的求胜心占据了我的心，
使我充满了未知的欢乐，
好像我胸中承载着珍贵的重负，
里面却装满了自豪和幸福。
潜伏在我身体里的病痛，
我用强有力的手将它拔除，
笑着将它抛入被积雪覆盖、
倾斜而坚实的大地。

§

在这广阔的世间，没有什么比高山上冬日的阳光更奇妙、更高贵、更美丽的了。通过冰雪和岩石的反射，阳光和温暖在冬季特有的那种无与伦比的通透空气中纵情地嬉戏——这是一种细腻、柔和、干燥的温暖散发出来的光芒。在平原，即使在阳光最灿烂的日子里也无法感受到。

（摘自《格劳宾登的冬日》，1906）

§

冬日登山

我站在被我征服的山脊之顶松了一口气，
将登山杖插入坚硬的雪峰。
如同与敌人搏斗，
现在我胜利地踩着他的额头。

远处是明亮的冬日大地：
没有森林，没有田野，没有闪亮的湖泊！
只有碧绿的溪流，
只有空旷、孤寂与白雪。

世界看起来冰冷、苍白、毫无生趣……
然而，透过一扇飘忽不定的雾霭之门，
在阳光的照耀下，
遥远的阿尔卑斯山峰忽然出现，清澈而璀璨。

突然间，一道红色耀眼的光芒
在布满锐齿状冰冠的峭壁上闪耀，
这景象是如此古老而宏伟，犹如神话般的史诗，我跪下身来，双手合十。

§

二月

晨曦在远处的积雪上美轮美奂，

还有那焚风带来的第一抹温柔、靓丽的蓝色，

在湖边干燥的南坡上

惬意地在凉亭里午休，让微热的阳光将我晒黑。

更令人喜爱的是：在枝丫间，

光秃秃的灌木丛中传来第一阵乌鸦的叫声！

心在苏醒，疲倦的世界在孕育新生，

不久便将绽放——现在，就让一切到来吧。

（1921）

§

要一直等到二月底，那些明媚的星期才会到来。

它们会使高山上的冬季变得无比壮丽。积雪覆盖的高耸山峰在雏菊般的蓝天的映衬下清晰可见，在透明的空气中显得无比接近。牧场和山坡都被冬季山区的降雪覆盖着，而在山谷地带，人们通常看不到这样洁白、晶莹、散发着冰冷芬芳的积雪。中午时分，在隆起的小土丘上，阳光正抓紧时间在凹陷处和斜坡上投下深蓝色的阴影。接连几周的降雪过后，空气被完全净化了，阳光下的每一次呼吸都是享受。在较小的山坡上，年轻人正兴高采烈地滑雪。午后，你可以看到老人们站在巷子里享受着阳光浴，而到了晚上，椽子会因霜冻而发出咔啦啦的声响。在白雪覆盖的田野上，静静地卧躺着永不结冰的蓝色湖泊，比夏日里更加美丽。

（摘自《彼得·卡门青》，1904）

§

二月的湖谷

啊，二月阳光下稀薄的空气！
褐色悄然蔓延，还有苍白海滩上的黄色，
海水凝滞，天空像琉璃般清澈凉爽，

光秃秃的树木好像送葬的队伍。
啊，我新近发现自己有了灰白的胡须！

昔日的光辉已变得苍老和疲倦，
画家啊，你的旅程即将结束……
穿过墓地的空气和冬天的大地。

但我的颈背已经感受到阳光在微微地燃烧，
温柔地歌唱着告诉我夏天即将到来：
再一次热情地迈出步伐，充满活力地
度过夏天吧，迷失的孩子！

§

大雪纷飞的时期已经过去了，我们迎来了美丽的晴天，人们能明显感觉到白天在变长。在晨光中，我穿过小屋和果树之间厚厚的积雪向上攀登，渐渐地，它们在我身后变得越来越稀疏。一片片冷杉林一直延伸到了山顶，柔光闪烁，山顶没有树木生长，只有安静、纯净、直至夏季才会完全融化的白雪，它们随风吹散，飘入深谷，像丝绒般光滑，它们像神奇的披风

和雪檐，悬挂在岩石斜坡上。

我背着背包和滑雪板，沿着陡峭的木头小路，一步步地往山上爬。路很滑，有些地方还结了冰，竹杖的铁制杖尖插入冰面时不情愿地发出咔嚓的声音。我的身体因为活动逐渐变得暖和起来，呼出的水汽在胡子上结成了冰霜。

万物都被白色和蓝色所覆盖，整个世界充满了明亮的冷白色和冷蓝色的色调，山峰的轮廓在洁白无瑕的闪亮天空中显得坚硬而冷酷。我步入了一片茂密幽暗、令人窒息的针叶林，滑雪板从寂静的枝条上刮落了稀疏的残雪，因为天气严寒，我只得停下来，重新穿上外套。

森林上方是积雪覆盖的陡峭山坡。道路狭窄而且难以通行。好几次，我不得不穿过没过臀部的厚厚积雪。一串狐狸的足迹从树林那边一直延伸到了这里，它顽皮地一会儿跑到小径的右侧，一会儿又跑到左侧，拐了一个"之"字形的弯，又往山上跑去了。

我准备在这里停下午休一下。最后一间林间小屋坐落在牧场狭窄的边缘。门窗都被小心翼翼地关上了，在小屋前面，向南处，有一把长椅，长椅对面有一口水井，透过积雪，可以朦朦胧胧地听到从地底深处传来的敲击玻璃似的声音。我点燃酒精，往锅里装满雪，从鼓鼓囊囊的背包里翻出了茶包。阳光照射在白色的铝板上，闪闪发光，炊具上方的空气因为高温而形成了气泡状的旋涡，井水在积雪下面发出微弱的汩汩声，除此之外，在这片由白色和蓝色构成的冬日世界里没有任何动静和声音。

小屋周围，在突出的屋顶的保护下，有一条未被积雪覆盖的小径。上面堆满了冷杉木板、木棒、劈开的木块，它们赤裸裸地暴露在雪原里。寂静，深沉的寂静。雪水在锅里发出的哗哗声，从下方树梢尖上传来的乌鸦嘎嘎的叫声，在这荒郊野地里听来还显得有些可怖。

但突然间——正当我在长椅上陷入半睡半醒的梦境中，不确定时间过去了几分钟还是一刻钟的时候——在我耳边响起了一丝无比微弱、无比温柔的声响，那么奇妙，似乎能解开所有魔法。无法想象，但随着它的出现，一切都改变了：雪变得更加柔和，空气变得更加舒展，光线变得更加甜美，世界变得更加温暖。又是这种声音——一次次出现，以迅速缩短的间隔重复出现——现在我辨认出来了，我欣喜地发现，原来是水滴从屋顶滴落在地上的声音！三滴，六滴，十滴，好像在窃窃私语，就这样欢快而孜孜不倦地滴落着，打破了沉闷。屋顶的雪融化了。就像冬天的盔甲里藏着的一只小虫子，一个小小的破坏者、一个钻头和或者一只闹铃——嘀、嗒、嗒……

地面上，一道道水汽闪烁着，漂亮的圆形铺路石开始发出亮光，冷杉树干枯的落叶漂浮在比我的手掌还小的小水洼里，旋转着。沉重的水滴沿着面向太阳的屋顶，无拘无束地滴落下来，有一滴落入了积雪；有一滴清澈而凉爽，落在了石头上；有一滴沉闷地落在了干燥的木板上，被它贪婪地吸收了；有一滴落进了宽阔、肥沃的裸露土壤里，土壤会慢慢地将它吸收，因为此刻它的深处被冻住了。再过四个星期，或许六个星期，土壤就会舒展开来，会有一颗细不可见的草籽苏醒，抽出微小、肥润的新芽，石缝间也会长出开着小花的矮草、小毛茛、野芝麻、柔软的五指草和蓬乱的蒲公英。

只短短一个小时，这一小片区域就已经完全变了样！周围的积雪仍然有一个人那么高，而且会维持很长一段时间。但是在小屋周围的区域里，却已经充满了渴望新生力量的气息！

从积雪边缘融化的水滴一滴接着一滴在堆叠的木

110

板上轻轻流淌，最后木头会悄无声息地将它们吸收。水滴欢快地从屋顶落下，上面的积雪似乎没有融化，在门槛前，潮湿的地面在正午阳光的照射下蒸腾出薄薄的云雾。

吃完午饭，我脱下外衣，再脱下马甲，沐浴在阳光下，让自己成为这片春天之岛的一部分，尽管我知道，我鞋子之间这片波光粼粼的小湖，还有每一颗闪闪发光的水珠，会在几个小时后重新变成死气沉沉的冰冻——但我依然看到了春天的活力。

(摘自《在伯尔尼高原的一个山间小屋前》，1914)

§

二月的黄昏

暮色降临，从山顶到湖面，
蓝色的微光在融化的柔软积雪中暗淡地闪烁，
在薄雾间，飘浮着枯树多枝的树冠，
像苍白的梦境一样无形。

夜晚的风漫步着，悠闲而从容地

穿过村庄，穿过所有沉睡中的小巷，
在篱笆边上休息，在黑暗的花园里驻足，
在青春的梦里变成春日。

本书画作

书目

全书文本选自赫尔曼·黑塞:《黑塞全集》
(*Sämtliche Werke in zwanzig Bänden und einem Regis-*
terband,共二十卷,附索引一卷),由福尔克尔·米歇
尔斯 (Volker Michels) 编辑,苏尔坎普出版社
(Suhrkamp Verlag),2000—2007;信件摘选自赫尔
曼·黑塞:《书信集》(*Gesammelte Briefe*,共四卷),
由乌尔苏拉 (Ursula)、福尔克尔·米歇尔斯与海纳·
黑塞 (Heiner Hesse) 合作编辑,苏尔坎普出版社,
1980—1986,以及赫尔曼·黑塞:《书信选》(*Aus-*
gewählte Briefe),苏尔坎普出版社,1974。

图书在版编目(CIP)数据

黑塞四季诗文集.冬 /(德)赫尔曼·黑塞著绘；
(德)乌尔丽克·安德斯编；楼嘉译. -- 杭州：浙江文
艺出版社,2024.8(2025.3重印). -- ISBN 978-7-5339-7640-8

Ⅰ.Ⅰ516.15

中国国家版本馆CIP数据核字第2024LK8687号

策划编辑	沈　逸	封面设计	山川制本 workshop
责任编辑	周　易	内文版式	吕翡翠
责任印制	吴春娟	数字编辑	姜梦冉　诸婧琦

黑塞四季诗文集:冬

[德]赫尔曼·黑塞 著绘　　[德]乌尔丽克·安德斯 编　楼嘉 译

出版发行	浙江文艺出版社
地　　址	杭州市环城北路177号
邮　　编	310003
电　　话	0571-85176953(总编办)
	0571-85152727(市场部)
制　　版	浙江新华图文制作有限公司
印　　刷	浙江新华数码印务有限公司
开　　本	787毫米×1092毫米　1/32
字　　数	59千字
印　　张	3.75
插　　页	4
版　　次	2024年8月第1版
印　　次	2025年3月第5次印刷
书　　号	ISBN 978-7-5339-7640-8
定　　价	52.00元

版权所有　侵权必究